CAKES
尋歡作樂
AND ALE

William Somerset Maugham

毛姆 ———著 林步昇 ———譯

目次

導讀

真誠卻不受理解的美麗

朱嘉漢

無論是《月亮與六便士》，或是《剃刀邊緣》與《人性枷鎖》，毛姆擅長的說故事方式往往是傳記式的。相較於專注於情節、事件裡的人物與其關係，傳記式的視野，較利於將人物的生命史攤展在長期的時間之中（往往是數十年，乃至一個人半生以上的時光），讓所有的際遇與事件，以個人生命週期（少年、青年、晚年等）的刻度來展現。這樣的形式，不僅是將一個人物的故事相對完整地呈現，也是讓人物能以回顧生命之姿，重新梳理過往足跡。於是，他的小說，往往結束於一種體悟，無論過往（尤其年少時）有多少的愚蠢、誤解、嚮往、幻夢，有多少缺憾，或有多少歡樂，最終都可以在回顧生命的整體眼光中重新安放，取得某種理解或諒解。

毛姆筆下的主要角色，往往不是最為聰明與特殊之人，更多時候是相對平凡的。這也許是他能打動廣大讀者的原因。即使不是天賦異稟之人，也是因幸見證特殊與美麗的人，而測量了生命的質地，有那麼一點點不一樣。如同《人性枷鎖》裡，去巴黎學習繪畫幾年，彷彿一事無成地回歸時，這位受當時興起印象派洗禮的主人翁說：「至少我現在知道影子不是黑色的。」換言之，經驗能帶給我們真正珍貴的事物，未必是可見的功成名就，而是受到洗禮的嶄新眼光。

熱愛毛姆的讀者如我，在讀《尋歡作樂》時，除了滿足於對這位作家風格的期待外，更有一種終於完整認識毛姆的感覺。《尋歡作樂》與其說是以知名作家哈代為人物原型，毋寧說是以一個作家談論另一個作家的角度，透露了他對於文學的誠懇看法。尤其，對於文學名聲當中的虛假與實質，給予許多中肯又幽默的評論。《尋歡作樂》相較於其他作品，令人驚豔之處，在其迂迴與克制，到了最後，我們才知道他是以一個已有名望的作家的角度，去回顧年少時代的愛慕之情。

故事起於年輕竄紅但才華普通，不過善於打理人際關係的作家洛伊，受到知名已故作家卓菲爾遺孀所託，要為之立傳。為此，洛伊則找上了「我」，希望打探卓菲爾鮮少談論的年輕歲月。

小說的前半部，順著敘事者的少年回憶，側寫了後來成為英國文學代表人物的卓菲爾成名前不受理解的歲月。小鎮的人如何不欣賞他尚未被認可的作品，對他當時迷人又大方的妻子蘿西亦有各種流言蜚語。而敘事者我，一方面為這對夫婦獨特風采著迷，另一方面又在意小鎮居民的觀感。這正是毛姆擅長探討的，關於世人膚淺的壓力，以及個人內心中的自我追求。

到了小說後半部，敘事者才透露他最深切的祕密，其實是蘿西。所有在卓菲爾成名後才認識的人，沒有一人能夠理解蘿西的特別與迷人之處。於是小說最美麗的部分，正是在於這份不需受他人認可（譬如在傳記中幫蘿西翻案），卻難以比擬的回憶。

書名的典故來自於莎士比亞：「你以為自己道德高尚，人家就不能尋歡作樂了嗎？」而蘿西才是這本書的靈魂，也讓敘事者在作家遺孀與洛伊面前為她辯護。說明她在世人眼中被視為不貞潔的行為，「是她的天性」。她樂於給予他人歡愉，無論做什麼事，「她依然很真誠」。

透過同為作家的敘事者之口，毛姆間接說明自己處理人物的體悟：「有時，小說家自覺像上帝一樣，準備好描述筆下人物的一切，有時卻反過來，不採取全知的觀點，改為描述自己所知點滴。既然年紀愈大愈不認為自己像上帝，小說家歲數愈長愈容易局限於自我生命經驗，……」

毛姆如此擅長描寫特立獨行、難以被世人理解的純粹心靈，某個程度上來說，可與《月亮與六便士》做為對照。作為一名作家，儘管必然命運多舛，但也如他所言，是唯一自由的人。如此，才能為我們闢寫出一塊特殊的文學空間，將這些不容於主流價值的人事物，以甜美又苦澀的祕密形式，將之安放，美麗如初。

尋歡作樂

1

我發覺，凡是有人打電話找你，得知你不在就留言要你盡速回電、還說有重要的事，那件事多半對你沒那麼重要。若是要送你禮物或主動幫忙，一般人多半按捺得住自己的急性子。所以我回到住處，正打算抓緊時間喝一杯、抽根菸、讀讀報，再換衣服吃晚餐。聽到房東太太費羅斯女士說，歐洛伊·基爾先生請我馬上回電，便心想可以不予理會。

「是那位作家嗎？」房東太太問。

「是啊。」

她好意地瞥了電話一眼。

「要我回撥嗎？」

「沒關係，謝謝。」

「如果他又打來，我要說什麼？」

「請他留言吧。」

「好的，先生。」

她噘著嘴，拿起空咖啡壺、往房間掃視一遍，確定乾淨後便走了出去。費羅斯女士熱愛讀小說，想必已讀遍洛伊的小說。她對我隨便的態度很不以為然，可見很欣賞他的作品。後來我再度進門時，看見廚櫃上擺了一張紙條，上頭是費羅斯女士粗大清晰的字跡：

> 基爾先生又打了兩通電話，問你明天能否跟他共進午餐？如果不行，你哪天方便？

我不禁挑起眉，想想有三個月沒看到洛伊了，上次也僅在某場聚會上短暫一會。他十分和善，而且向來如此。道別時，他還對我倆甚少碰面大嘆可惜。

「真受不了倫敦，」他說：「老是沒時間見想見的朋友。要不要下星期找時間吃頓午飯呢？」

「當然好。」我回道。

「我回家看看記事本再打給你。」

「好啊。」

我認識洛伊二十年來，都曉得他老在西裝背心左上方口袋裡，放著一本記錄自己行程的小冊子。因此，後來他沒消沒息，我一點也不覺得意外。他這麼急著展現熱絡，我實在無法相信不是出於私心。就寢前，我抽著菸斗，腦袋裡推敲著洛伊找我吃午餐的可能原因。也許有位女性仰慕者纏著他，央求他介紹給我認識；也許有位美國編輯恰巧在倫敦待幾天，希望洛伊安排他跟我見面。不過，我可不能把這位老友看扁了，以為他沒法子應付這類情況。況且，他還叫我挑自己方便的日子，不太像是要我跟別人碰面。

洛伊有件事無人能出其右：對於當紅的同行小說家，他必定真誠地熱情以待，但當小說家的名聲被懶散、失敗或他人的光環蒙上陰影，他又懂得不失禮貌地疏遠。寫作生涯難免起起落落，我很清楚自己當時並未受到大眾矚目。我當然可以找些不得罪他的藉口加以婉拒，但這傢伙的態度堅決，假如出於私心打定主意要見我，除非我直接叫他「去死」，否則他絕對會繼續死纏爛打。不過，我實在忍不住好奇，況且我還滿喜歡洛伊的。

我曾滿懷欽佩地看他在文壇崛起。他的寫作生涯堪稱典範，可供有志從事文學創作的年輕人參考。同輩作家當中，我還真想不到有誰能像他一樣，才華無比淺薄卻能取得一席之地，就好比聰明如他每天吃的胚芽粉，可能頂多就堆滿一湯匙吧。他對此相當有自知之明，憑這點本事就寫成了將近三十本書，想必偶爾連他自己都覺得簡直是奇蹟。查爾斯·狄更斯在一場晚宴後的演說中提到，天才就是具有無窮無盡的吃苦工夫，我不禁揣想，洛伊初次讀到這句話時想必靈光乍現，加以反覆咀嚼。假使如此，他一定暗自以為，自己可以當個不亞於他人的天才。而當某女性刊物的書評興高采烈地在討論他一本作品的短評中，真的用上「天才」一詞（近來書評動輒就用），他勢必心滿意足地歎了口氣，宛如耗費數小時絞盡心思，終於完成了填字遊戲。凡是多年來看過他孜孜不倦的人，都得承認再怎麼說，他都配得上天才的稱號。

洛伊的生涯剛起步就有些優勢。他是家中獨子，父親多年在香港擔任輔政司，最後官拜牙買加總督退休。若你翻開密密麻麻的名人錄查找歐洛伊·基爾，便會看到以下文字：聖米迦勒暨聖喬治司令勳章與皇家維多利亞司令勳章得主雷蒙·基爾爵士（詳見該條目）獨生子，其母愛蜜莉為已故印度陸軍少將波西·康伯頓之次女。他先後於溫徹斯特與牛津新學院就讀，擔任學生會會長，要不是因為不幸罹患痲疹，很可能就成為划船隊一員。他的學業成績雖不到出類拔萃，卻也四平八穩，而且大學畢業時沒留下任何債務。早在當時，洛伊就已節儉度日，絲毫不想有無謂的開銷。他也是貼心的兒子，很清楚自己享有所費不貲的教育，全憑父母的犧牲。他父親退休後，住在格洛斯特郡斯特勞德鎮一間樸素卻不簡陋的房子裡。他不時會到倫敦出席跟他治理過殖民地相關的官方晚宴，也習慣順便造訪自己參與的文藝俱樂部。而洛伊從牛津畢業返家時，正是有賴父親在俱樂部的老友牽線，才得以獲派為某位政治人物的私人祕書。說到這位政治人物，他在保守黨兩度執政期間擔任內閣大臣時出盡洋相，好不容易才獲封爵位，年紀輕輕的洛伊因而有機會接觸上流社會。有些作家僅憑畫報刊物研究上層社交圈，導致寫出悖禮冒失的作品，但洛伊的書絕對找不到這類錯誤。他深諳公爵之間的言談辭令，也熟悉議員、律師、貼身男僕、賽馬投注商等身分對公爵說話時各自應有的禮數。他的早期小說中，描寫總督、大使、首相、王室和貴婦名媛的筆觸活潑，讀來頗令人著迷。文字友善卻不流露輕視，親暱卻不魯莽無禮。他不會讓你忘記筆下人物的身分地位，卻也不吝展現自己的自在，認為這些人同樣有血有肉。說來可惜，由於潮流改變，貴族的日常不再適合作為嚴肅小說的主題。對於時代趨勢向來敏銳的洛伊，後期小說主題都局限於律師、特許會計師與農產盤商的內心衝突，但他對這些圈子的掌握就不若以往。

我認識洛伊時，他剛辭去祕書一職不久，打算全心投入文學創作。當時的洛伊高大挺拔，未穿鞋身長便超過一百八十公分，擁有壯碩的體格與寬闊的雙肩，舉手投足散發自信。他並不俊朗，但有著順眼的陽剛氣息，與一對大大的清澈藍眼眸、一頭淡棕色鬈髮，鼻子短而寬，下巴方方正正，看起來老實、乾淨又健康，算是半個運動員。凡是讀過他早期作品中，與獵犬外出打獵時那生動又精準的描述，都不會懷疑他是寫自親身經歷。一直到不久前，他仍喜歡偶爾拋下伏案的工作，到野外打獵一整天。他出第一本小說時，文人雅士時興喝啤酒、打板球一展男子氣概，有好些年，文學圈內的板球隊幾乎都看得到洛伊。不知何故，這群人已不像過往那般無所畏懼，筆下作品也不再受重視，雖然依舊是打板球的夥伴，卻很難找到發表文章的管道。洛伊早已多年沒碰板球了，如今改對波爾多紅酒十分講究。

對於筆下首部小說，洛伊的態度極為謙虛，其篇幅短小、文字簡潔，樹立了日後作品的高尚格調。他把小說送給所有當時引領文壇的作家，隨書附上一封文情並茂的信，表達對他們莫大的仰慕、自己何以獲益良多，以及即使難以望其項背，仍熱烈企盼踏上前輩開創的道路。他畢恭畢敬地把書擺在文學巨擘跟前，宛如年輕後輩初入文壇時，向自己崇拜的大師致意。他十分清楚，要求大師在百忙之中，撥冗閱讀新人不成氣候的作品，毋寧是愚勇之舉，但依然低聲下氣，懇求前輩予以賜教提點。這些作家因為他的盛讚受寵若驚，多半洋洋灑灑地回信，鮮少敷衍了事，不僅大力稱許洛伊的書，許多人還邀請他參加午宴。他們無不欣賞洛伊直率的個性與暖心的熱情。他求教時總是十分謙虛，無比誠懇地答應會確實改進。眾前輩都覺得，眼前的小伙子值得費點心思指導。

洛伊的小說一炮而紅，因而在文學圈結交許多好友。不久後，凡是前往布魯姆斯伯里、坎普敦丘或西敏等地區出席茶會，必定會見到他分發奶油麵包給賓客，或忙著幫年長女士的空杯斟茶添水。他年輕、直爽又開朗，聽到有人講笑話總是開懷大笑，教人想不喜歡他都難。他會到維多利亞街或霍本的飯店地下室出席餐會，跟文人墨客、年輕律師，以及身穿利柏提百貨[1]絲衣、戴著珠寶項鍊的女士，吃頓三先令六便士的晚宴，暢談文學與藝術。旁人不久便發覺，洛伊格外擅長餐後高談闊論，而他為

1 利柏提百貨公司（Liberty），位於英國倫敦市中心的一家老牌百貨公司，初銷售日本和其他東方藝術工藝品，在維多利亞時代的東方熱潮中有重要地位。後來以其精緻、時髦的商品而聞名。

人實在討喜，其他作家、對手和同輩都待他寬容，甚至不介意他屬於仕紳階級。他們的作品往往備受他讚揚，寄手稿過去讓他評論，也總是得到毫無缺失的美譽。在他們看來，洛伊不僅好相處，更有不偏頗的眼光。

他寫了第二本小說，過程嘔心瀝血，並受惠於前輩提供的創作建議。好幾位前輩在洛伊請託下，寫了書評投稿到一家報紙，自然好話說盡，洛伊也事先聯絡了該報編輯。他第二本小說成功歸成功，卻不足以喚起競爭對手的危機意識，反倒證實了眾人的猜疑：他在倫敦絕對無法興起太大波瀾。他是性格爽朗的好人，並非搞小圈圈之流。既然他再怎麼往上爬也成不了絆腳石，前輩當然頗樂於提攜這位年輕人。我認識其中一些作家，反省起自己當初犯的錯，也只能面帶苦笑。

不過，說他自命不凡倒是他們的判斷錯誤。洛伊打從年輕開始，就保有謙虛這項最討喜的特質。

「我很清楚自己不是一流的小說家，」他老是這麼說：「跟那些文壇巨擘相比，我根本什麼都不是。以往，我都認為自己總有一天會寫出一本了不起的小說，但現在早就不抱這個奢望了。我只希望在別人眼中，自己凡事都盡力而為。我寫得很認真，任何粗心的錯誤絕對逃不過我的眼眸。我自認能把故事說好、創造出有血有肉的角色。

到頭來，還是要看成果來見真章。《針眼》在英國賣了三萬五千本、在美國賣了八萬本。至於我下一部小說的連載版權，簽約金也打破自己的紀錄。」

即使是現在，洛伊依然會寫信給這些書評家，感謝他們的美言，同時邀請他們共進午餐，這難道不是謙虛的展現嗎？而且不僅如此。每當有人寫了篇措詞尖銳的批評，洛伊不得不忍受惡毒攻擊，尤其在自己聲譽卓著時，他不會像多數人一樣，內心咒罵著討厭自己作品的渾球，隨之拋諸腦後，反而會寫一封長信給那位書評家，除了對其不滿表達遺憾之意，還表示書評本身饒富興味，而且容他冒昧一句：評論精湛有理、文字情感真摯，所以非得寫信致意不可。他比誰都急著想精進自己，希望仍能不斷學習，加上不想成為無趣之人，便會詢問書評家週三或週五若有空，是否願意賞光前往薩佛伊飯店[2]吃午餐，告訴他究竟為何他的小說寫得差？洛伊比誰都懂得點一整桌佳餚，等到書評家吃下半打生蠔、一塊羔羊排後，本來的話也就吞回肚裡了。而洛伊下一本小說問世時，該書評家看到了大幅的進步，自然屬於因緣果報的事。

---

2 薩佛伊飯店（Savoy），英國第一家豪華酒店，最早引進電燈、電梯、客房設浴室以及不間斷冷熱水供應。

人生一大難題，就是如何應對那些曾跟自己關係密切、但日後往來興致漸淡的朋友。假使雙方的社會地位都不顯著，往往就自然而然斷了交集，彼此也不會出現疙瘩；但若其中一方功成名就，這處境可就尷尬了。洛伊結交了眾多新朋友，但老朋友特別難纏。他平時忙得分身乏術，這些舊識卻自認有優先權，除非他真的隨傳隨到，否則他們就會嘆口氣、聳聳肩說：「哎呀，你大概也跟其他人一樣，如今飛黃騰達了，想必不會理我囉。」

若一個人有那份膽量，便會鐵了心拒絕，但往往無法鼓起勇氣，只好無奈地接受一位老友週日晚餐的邀約。冷盤澳洲烤牛肉分明是中午烤過頭，現在是凍的；至於那瓶勃根地紅酒——唉，他們怎麼會稱之為勃根地呢？難道沒去過伯恩酒莊[3]、沒住過郵政飯店嗎？當然，陪老友聊聊曾擠在閣樓、分食一塊麵包的美好歲月是很棒，但想到眼下的房間緊挨著閣樓，就讓人有點坐立難安。而聽到對方抱怨自己的書賣不出去、短篇故事沒地方刊登、連劇場經理都不願意讀的劇本，更教人渾身不自在。他把自己的創作與演出的戲劇兩相比較時（同時對你投以質問的眼神），更是顯得有點為難人。你可能會感到不好意思，移開目光，誇大自己過去的失敗，想讓他以為你也是苦過來的。你把自己的作品貶得一文不值，結果眼前的東道主居然表示贊同，令你吃了一驚。你說大眾往往善變，好讓他覺得你的名氣僅是一時，藉此獲得寬慰。他評論起你的作品，態度友善，但措詞毫不留情。

「我還沒讀過你最近那本書，」他說：「但前一本我讀了，不過記不起來書名。」

你把書名告訴了他。

「我讀了很失望耶，覺得沒有之前幾本好看，你也知道我最愛哪本。」而早就遭到別人指責的你，連忙提出自己二十歲初出茅廬之作，那本書讀來粗糙天真，字裡行間在在透露出經驗匱乏。

「你無法超越那本書了啦。」他說得熱切，讓你自覺在第一本書僥倖走紅後，整個寫作生涯就一路走下坡。「我老是覺得，你還沒充分發揮當時展現的才氣耶。」

爐火烘烤著你的雙腳，但你的兩手冰冷。你偷偷瞄了一眼手錶，心想若你在十點就先行告辭，不曉得是否會得罪老友。你事先叫司機把車停在轉角等候，以免氣派地停在門口只會顯得對方很窮，到了門口他卻說：「這條街走到底就能搭巴士了，我陪你走過去吧。」

3 伯恩（Beaune），法國著名的葡萄酒地區。

你瞬間手足無措，坦承自己有車在等。他很納悶司機為何停在轉角，你說這是司機的怪癖。你走到車子旁邊時，老友打量著車子，目光透露出優越與體諒，你語帶緊張地邀他改天吃晚餐、答應會寫信給他，隨後便搭車離開，揣想著下次他應邀前來該去哪裡：若挑了克拉里奇[4]，他可能會認為你在炫富，若決定去蘇活區[5]，是否又會覺得你做人小器？

洛伊．基爾則一點都沒被這樣折騰過。說來有些殘酷，他凡是從別人身上撈完所有好處後，就不再理會對方了；但此事要說得婉轉些得花好長一段時間，還得不著痕跡地摻入暗示、花稍言辭、戲謔或委婉的影射，因此既然是事實，我倒覺得乾脆單刀直入才好。多數人凡是行事不光采，往往會對受害方產生怨懟，但洛伊生來有副好心腸，絕對不許自己這般氣量狹小。他可以惡劣地利用完別人，日後卻絲毫不抱有敵意。

他會說：「老史密斯真可憐，明明應該是人見人愛，我也很喜歡他，可惜愈來愈怨天尤人，但願有人能幫幫他。我幾年沒見到他了，努力維繫過去的友誼沒用的，雙方都會很痛苦。其實，人本來就會漸行漸遠，只是敢不敢面對現實罷了。」

但假如他在皇家藝術學院私人預展等聚會巧遇史密斯，誰都比不上他展現的熱絡。他會緊握史密斯的手，說自己有多開心能見面，臉上泛著笑容，親切的態度溢於言表，宛如太陽般散發光輝，帶來美好的正能量，讓史密斯喜不自勝。洛伊還會把話說得極為動聽，表示願意不惜一切代價，只求自己的書有史密斯的一半優秀。反過來說，若洛伊覺得史密斯沒看見自己，就會撇過頭去。說巧不巧，史密斯其實看到了，這下對遭到冷落相當不滿，便酸言酸語起來。他說，想當年洛伊都樂於跟他去三流餐館，共食一塊牛排，還會到聖艾夫斯的漁夫家中度假一整個月。他說洛伊見風轉舵、為人勢利，還說他假惺惺。

史密斯真的錯怪他了。歐洛伊・基爾最為顯著的特質就是真誠。沒人有辦法惺惺作態二十五年。世上最困難又折騰的罪惡，莫過於偽善了，這需要時時刻刻的自我警惕，以及難得一見的超然精神。相較於通姦或暴食可以趁空閒為之，偽善可是全天候的差事，還需要酸溜溜的幽默。雖然洛伊笑口常開，我從不覺得他的幽默感夠敏銳，也很肯定他不懂得挖苦之道。我固然鮮少讀完他的小說，但瀏覽過好幾本的開頭，在

4 克拉里奇酒店（Claridge’s），英國倫敦的一座五星級酒店。

5 蘇活區（Soho），本來是倫敦當地的紅燈區，後來色情事業式微，加上位置緊貼倫敦的金融區梅菲爾，如今這一帶已經變成觀光客雲集的地方。

這些厚厚的小說中，每一頁都看得到他的誠懇，這想必是他持續走紅的主要原因。洛伊向來對時下的看法深信不疑，他在撰寫有關貴族的小說時，真心相信貴族都放浪形骸、道德敗壞，卻又比一般人高尚，生來就有治理大英帝國的資質；他後來描寫中產階級時，同樣真心相信他們是國家的棟梁。他筆下的壞人永遠邪惡、英雄必定英勇、少女無不純潔。

洛伊凡是邀請恭維他的書評家吃午餐，是因為真心感謝對方的美言，而若邀請批判他的書評家，則是真心想尋求精進。若有素昧平生的讀者因為景仰洛伊大名，遠從德州或西澳來倫敦，他就會帶他們參觀國家美術館，這不只是為了經營自己的讀者圈，也是因為他真心想看讀者對於藝術的反應。你只要聽他演講，就會相信他的真誠。

他身穿亮眼的晚禮服，或依場合換上老舊但剪裁得宜的寬鬆休閒西裝，站上講台、面對觀眾，神情認真又坦誠，卻又略帶迷人的謙卑態度，讓人不禁覺得他是全心投入眼前的工作，絲毫沒半點馬虎。他不時佯裝想不起某個詞，但也只是為了增添說出口的效果。他的聲音圓潤帶磁性，而且很會說故事、絕不令人感到枯燥。他喜好談論英美年輕作家，興致勃勃地向眾人細數他們的優點，就足以證明他的器度。不過也許他說太多了，因為只要聽過演講，就會覺得該知道的都知道了，不太需要真的去讀原作。我猜正因如此，洛伊在某小鎮演講完後，他介紹的作品連一本都沒人捧場，自己的書反而引發搶購。他的精力旺盛，不僅成功巡迴美國各地，還在英國四處舉辦講座。洛伊從來不嫌任何讀書社團太小、或認為鼓勵會員進修的協會微不足道，總是樂意花一小時進行演講。他不時會修改講稿，出版一本本精美的演講集。對此有興趣的讀者，多半都至少翻閱過《當代小說家》、《俄羅斯小說》、《作家選集》等作品，幾乎無人可否認這些都展現對文學的真摯情感，也反映了魅力十足的性格。

但洛伊平時的活動遠不只如此。他還積極參與部分組織，其成立宗旨是促進作家權益，或在作家因老病陷入貧困時提供紓困；凡是版權事宜成為立法焦點，他向來樂意伸出援手；每當需要有代表團出國，以跟各國作家建立良好關係，他隨時都準備好共襄盛舉；在公開晚宴上，有關文學的問題都可指望由他回答；只要有海外文壇名人來訪，他也必定是負責籌辦歡迎會的接待委員之一；每當有義賣活動，必定至少有他親筆簽名的著作。他對採訪來者不拒，而且他說得也沒錯，沒人比自己更能體會煮字療飢的艱難，若只要跟辛苦的記者暢聊一下，就能幫對方多賺些基尼幣，他怎麼狠得下心拒絕呢？他通常會邀請記者共進午餐，因此鮮少留下壞印象。洛伊開出的唯一條件是，出刊前得給他過目。即使記者挑錯時間打電話來，只為了幫報紙讀者探聽名人是否相信上帝、早餐都吃什麼等等，他也耐心十足回應。他在各大研討會上都舉足輕重，民眾很清楚他對禁酒令、素食主義、爵士樂、大蒜、運動、婚姻、政治和婦女在家中地位等等議題的想法。

洛伊對婚姻抱持抽象的觀點，因為他成功避免落入無數文藝家難以掙脫的困境，即在奮力追求個人使命與婚姻之間求取平衡。眾所周知，他多年來明知無望，卻仍心儀一位已婚名媛。儘管每每提起必定語帶恭敬與仰慕，對方都刻薄以待。他中期的小說異常苦澀，反映了他飽受煎熬，而當時精神的磨難，讓他在不得罪任何人的情況下，躲避某些風流女人的追求——她們是忙碌社交圈中早已磨損的裝飾，願意放棄飄泊不定的當下，換取跟成功小說家結婚的安穩。當洛伊從她們明亮的眼眸中，看出登記結婚的陰影，只好說自己走不出單戀的回憶，永遠無法與人共度一生。他無可救藥的浪漫也許教人氣惱，卻不致於冒犯對方。他一想到自己注定無法得到家庭生活的幸福、享受為人父母的滿足，都難免微微嘆氣，但這樣的犧牲他已有所準備，不只是為了理想，也是為了那有權享受快樂的潛在伴侶。他早就發覺，一般人真的懶得理睬作家和畫家的妻子。無處不攜眷的文藝家只會讓人討厭，導致即使是想去的地方也沒人邀請；若留妻子在家，回家必定被念上一頓，這只會擾亂他的清靜，但少了這項不可或缺的條件，他就無法維持創作最佳狀態。歐洛伊．基爾是單身漢，如今都五十歲了，很可能孤老終身。

他堪為作家的表率，只要憑著勤勉、通情達理、誠信待人、善加結合方法與目標，便能爬到相同的地位。他相當好相處，唯有性情乖戾又愛找碴的人才會嫉妒他的成功。我覺得，入睡前腦海浮現他的模樣，必定一夜好眠。我草草寫了張紙條給費羅斯女士、敲出菸斗內的灰燼、關掉客廳的燈，便上床睡覺了。

2

隔天早上，我按鈴取信與報紙時，收到費羅斯女士回覆的便條，說歐洛伊・基爾先生跟我約下午一點十五分，在聖詹姆斯街的俱樂部碰面。將近一點時，我散步到自己常去的俱樂部喝調酒，畢竟洛伊肯定不會請我喝一杯。接著，我走在聖詹姆斯街上，百無聊賴地望著商店櫥窗，由於還有幾分鐘（我不想太準時赴約），便走進佳士得拍賣行，看看有無順眼的東西。拍賣會正在進行中，一群膚色黝黑、個子矮小的男子彼此傳閱著維多利亞時代的銀幣，拍賣師眼神厭倦地看著他們比劃，語調呆板地咕噥著：「十先令、十一先令、十一先令六便士。」當時六月初，天氣晴朗，國王街上陽光普照，讓佳士得牆上掛的畫作顯得格外陰暗。我走了出去。路人泰然自若地走在街上，彷彿安逸的氛圍已融入靈魂，儘管各自有事要忙，卻忽然福至心靈，想停下腳步、欣賞生活周遭的景色。

洛伊的俱樂部靜悄悄的。前廳只有一名老門房和門僮。我突然悲從中來，所有員工都在參加領班的葬禮。我一說出洛伊的名字，侍者便領我走進一條空蕩蕩的走廊，讓我寄放帽子和手杖，才帶我來到一間寬敞的大廳，四周掛著真人大小的維多利亞政治家的肖像。洛伊從皮沙發上站起身，熱情地招呼我。

「我們就直接上樓吧？」他說。

果然，他沒請我喝調酒，幸好我有先見之明。他帶我爬了一段貴氣十足、鋪著厚地毯的樓梯，一路上沒看到其他人。我們走進招待賓客的餐廳，裡頭只有我們兩人，面積不大，環境乾淨潔白，有扇亞當式窗戶。我們在窗邊坐下，一名靦腆的侍者遞上當日菜單：牛肉、羊肉、羔羊肉、鮭魚冷盤、蘋果塔、大黃塔、醋栗塔。我的目光掃過菜單時，不禁嘆了口氣，腦海浮現街角的餐館，那裡有正統的法式料理，人聲鼎沸，還有穿著夏日連身裙、妝色豔麗的女人。

「我推薦小牛肉火腿派。」洛伊說。

「好吧。」

「我自己拌沙拉，」他對侍者說，口吻隨興又帶威嚴，接著再度把目光投向菜單，親切道：「再來點蘆筍怎麼樣？」

「好啊。」

他的態度略轉莊重。

「兩份蘆筍，請主廚親自挑選。那你想喝點什麼嗎？來一瓶德國白酒怎麼樣？這裡的白酒挺不錯的。」

我一說好，他便請侍者叫侍酒師來。我不得不佩服他下指令時，既權威又不失禮的派頭，頗像教養深厚的國王召來麾下元帥。略顯福態的侍酒師身穿黑衣、脖子上掛著代表其職銜的銀鏈，匆忙地拿著酒單走了進來。洛伊認識他，隨便點了點頭。

「哈囉，阿姆斯壯，我們想要二一年份的聖母之乳白酒。」

「好眼光，先生。」

「酒的狀況怎麼樣？還不錯嗎？現在已經很難買到了。」

「恐怕如此，先生。」

「欸，不必自尋煩惱啦，阿姆斯壯你說對吧？」

洛伊對侍酒師微笑，輕鬆但不失親切。侍酒師長年跟俱樂部會員相處，因此知道這話需要回應一下。

「說得沒錯，先生。」

洛伊笑出聲，目光轉向了我。阿姆斯壯還真有意思。

「那就冰鎮一下吧，阿姆斯壯，不要太冰喔，要剛剛好。我要客人瞧瞧我們對這裡瞭若指掌。」他轉向我說：「阿姆斯壯在我們這裡工作四十八年了。」侍酒師離開後，他說道：「找你來這裡吃飯，還請多多包涵。這裡很安靜，我們可以好好聊聊，畢竟好久不見了，你氣色不錯耶。」

這話也讓我注意起洛伊的樣貌。

「跟你比差得遠囉。」我說。

「只要做人正直、腦袋清楚、虔誠信教就好了，」他笑說：「還有多工作和多運動。高爾夫球練得如何？我們一定要找一天切磋切磋。」

我知道洛伊只是在說場面話，畢竟浪費一天在我這種無心打球的人身上，想必最令他受不了。但我覺得，接受這樣語焉不詳的邀請無傷大雅。他看上去無比健康，愈發灰白的鬈髮很適合他，讓他那張誠懇又曬黑的臉龐更顯年輕。他的雙眼明亮澄澈，觀看世界時熱忱又坦率。他已不若年少時那般纖瘦，因此侍者端上麵包捲時，他挑了黑麥麵包，完全在我意料之中。他略胖的體態僅憑添了莊重之感，讓他的評論更有分量。而由於他舉手投足比以往更加從容，旁人便安心地對他產生了信任感。他坐在椅子上四平八穩，彷彿坐在一座紀念碑上。

希望在描述先前洛伊與侍者間的對話後，我已清楚顯示他的談吐向來都不聰慧也不詼諧，只是平易近人，加上他太常發笑，有時會讓人誤以為他妙語如珠。他永遠都找得到話說，可以輕鬆自如地談論時下議題，是故聽者不會感到任何壓力。

許多作家都有個壞習慣：一心專注於雕琢詞藻，連說話都太過講究字句。他們字斟句酌，話語不多不少。這對精神需求簡單而詞窮的上流階級來說，多少有點畏懼跟這些作家來往，邀請他們前經常猶豫不決。洛伊卻從來不會帶來這種壓力，他可以跟跳舞的護衛聊天，用對方完全聽得懂的語言，也可以在跟參加賽馬的伯爵夫人交談時，用馬伕的慣用語回應。他們提到洛伊，老是熱情洋溢，慶幸他一點也不像個作家。洛伊最喜歡聽到這類美言。智者老愛使用一些現成的詞語（時下最普遍的就是「職人」）、當紅的形容詞（例如「神級」或「糗」）、生活在特定圈子才懂的動詞（例如「肘擊」），讓閒話家常輕鬆又自在，毋需動什麼腦筋。世界上最講求效率的莫過於美國人，把這項技能發揮到極致，發明了包羅萬象的片語，簡短且缺乏新意，是故不必多想就能把話說得生動有趣，好去思考賺大錢與偷情等更重要的人生大事。洛伊掌握的詞彙豐富，總是精準無誤地挑到最適當的字句，得體地穿插在他的話語之中，每次都機敏又熱切，宛如他創意豐沛的頭腦剛剛發明出來。

眼下他聊到天南地北，包括共同的朋友、最新的書籍、歌劇等等，非常輕鬆自在。他待人向來熱忱，但今天更是盛情難卻。他哀嘆著我們太少見面，也語帶坦率（這是他最討喜的特質）說他有多喜歡我、又有多欽佩我。我自覺必須禮尚往來。他問起我在寫的書，我也關心他在寫的書。我們彼此都說對方懷才不遇。我們吃完小牛肉火腿派，洛伊說著他拌沙拉的方式。我們喝下白酒，滿足地咂了咂嘴。

而我不禁納悶，他究竟何時才會說到正題。

我不敢相信的是，在倫敦社交圈最忙碌的季節，歐洛伊．基爾會為了談論馬蒂斯、俄羅斯芭蕾舞和馬塞爾．普魯斯特，無故浪費一小時在既非書評家、在任何圈子又無足輕重的作家身上。況且，他表面上談笑風生，我卻隱約感到他內心些微的焦慮。若非我曉得他的手頭寬裕，還真懷疑他會開口借一百英鎊。看來在他逮到機會說出心裡話前，這頓午餐就要結束了。我知道他為人謹慎，也許他心想兩人久未見面，最好先培養感情，這頓愉快的大餐就當成誘餌囉。

「我們到隔壁喝杯咖啡怎麼樣？」他說。

「看你囉。」

「我覺得那裡更舒服。」

我跟著他走進另一個更寬敞的房間，擺著大張的皮製扶手椅和大型沙發，桌上放了許多報章雜誌。兩位老先生坐在角落低聲交談，沒好氣地瞥了我們一眼，但洛伊依然熱情地打招呼。

「哈囉，將軍。」他喊道，隨興地點點頭。

我在窗前駐足，望著外頭歡樂的景象，好希望自己更了解聖詹姆斯街的歷史淵源。說來慚愧，我連對面那家俱樂部的名字都不知道，還不敢向洛伊詢問，深怕他會因為我缺乏上流圈子的常識而鄙視我。他叫我過去，問我咖啡要不要配白蘭地，然後不顧我已說不要，堅持要我喝喝看，這家俱樂部的白蘭地很有名。我們肩並著肩，坐在典雅壁爐旁的沙發上，隨後點起了雪茄。

「愛德華．卓菲爾過世前最後一次來倫敦的時候，就是跟我在這裡吃午飯的，」洛伊若無其事地說：「我還讓老先生嘗嘗我們的白蘭地，他喝得非常開心呢。上星期我整個週末都在陪他的太太。」

「是喔？」

「她時不時就要我問候你。」

「她太客氣了。我還以為她不記得我了。」

「她當然記得。大概六年前，你在她家吃過午飯對吧？她說老先生很高興能見到你。」

「我覺得她當時不大高興耶。」

「喔，你誤會可大了。當然，太太凡事都得非常小心，畢竟有一堆想見老先生的人，太太不得不幫他把關，總是擔心先生太過勞累。仔細想想，這位太太居然能讓先生活到八十四歲才過世，而且始終保持神智清醒，真是件了不起的事。自從老先生死後，我便常常去看她。她非常孤單，畢竟照顧另一半二十五年，跟奧賽羅[6]的痴情有得比。我真的替她難過。」

「她還算年輕，我敢說會再婚啦。」

「欸不可能，她才不會再婚，否則就太糟糕了。」

我們啜飲著白蘭地，沉默片刻。

「卓菲爾成名前認識的人沒剩幾個了，你想必是其中之一，以前有段時間你們常常見面對吧？」

---

6 奧賽羅，莎士比亞劇作《奧塞羅》中，因誤殺妻子而殉情的將軍。

「還行吧。我年紀還很小，他那時是中年人了，關係稱不上親近。」

「或許不親近，但是你想必知道很多別人不知道的事。」

「大概吧。」

「有沒有想過寫下你對他的回憶呢？」

「說什麼話，這可沒有！」

「你不覺得應該寫一下嗎？他是當代數一數二的偉大小說家，也是歷經維多利亞時代的最後一位小說家，文壇地位崇高。他的作品跟過去一百年來問世的小說，都有很大的機會可以流傳後世。」

「是喔，我向來覺得這些小說滿無趣的。」

洛伊看著我，眼神閃著笑意。

「真像你會說的話！反正你也不得不承認自己是少數，不瞞你說，他的小說我讀了不止一、兩遍，是差不多六遍了，愈讀愈好看。你看過他去世後那些紀念他的文章嗎？」

「看過幾篇。」

「大家的意見一致，簡直不可思議。我每篇都讀了。」

「如果他們說的東西都一樣，不是很沒必要嗎？」

洛伊聳聳寬闊的雙肩，態度溫和，但沒有回答我的問題。

「我覺得《泰晤士報》文學副刊很精采。老先生要是讀過就好了。我聽說很多季刊都會在下一期刊登評論喔。」

「我還是覺得他的小說很乏味。」

洛伊露出包容的微笑。

「你的看法跟重量級評論家都不一樣，難道不會覺得有點不自在嗎？」

「還好啊。我寫作到現在三十五年了，你根本無法想像我看過多少被人捧得高高的文壇天才，享受一陣子的名氣後就消聲匿跡。我都會想，這些天才都發生什麼事了，死了嗎？被關到瘋人院了嗎？躲在辦公室嗎？是不是偷偷把自己的書，借給窮鄉僻壤的醫生和單身婦女？是不是住在義大利某間公寓，繼續當大人物？」

「喔對啦，這些人我見過不少，都是曇花一現。」

「你還舉辦過演講討論他們唷。」

「一定得辦啊，難免會想在能力範圍內拉他們一把，即使曉得他們成不了大器。

反正，總要寬以待人囉。但卓菲爾畢竟完全不一樣。他的作品全集一共有三十七冊，最後一套在蘇富比以七十八鎊拍賣出去。這足以說明他的分量了，而且他的作品銷量還在逐年穩定成長，去年更締造了個人最佳紀錄。這點你可以相信我。上次我去拜訪的時候，卓菲爾太太給我看了老先生的戶頭。卓菲爾已經坐穩地位了。」

「由誰來判斷呢？」

「這個嘛，你就覺得自己可以啊。」洛伊說得酸溜溜。

我並沒被這話得罪，想到自己惹惱他，心裡也愉悅了起來。

「我認為，自己年輕時養成的直覺判斷很準。以前人家都說卡萊爾[7]是偉大的作家，所以我讀不下他的《法國革命史》和《衣裳哲學》，都感到很慚愧。可是現在有人讀得下去嗎？我以前覺得自己的看法不如別人的高見，所以說服自己接受喬治・梅瑞狄斯[8]有華麗的文筆，其實內心覺得他裝腔作勢、拖沓冗長又不誠懇。很多人現在也這麼認為。然後又有人跟我說，景仰沃特・佩特[9]才能證明自己是學養深厚的年輕人，所以我以前才會崇拜沃特・佩特，不過現在看來，他寫的《梅榴絲》真是無聊死了！」

「喔，我猜現在沒有人在讀佩特啦，梅瑞狄斯也早就被遺忘了，卡萊爾確實是很矯情又廢話連篇的傢伙。」

「你有所不知，三十年前，這些人全都看起來會名留青史呢。」

「難道你從來沒看走眼嗎？」

「還是有啦。我以前對紐曼的評價遠不如現在，而且高估了費茲傑羅叮噹作響的四行詩。我曾經還讀不下去歌德的《威廉・邁斯特》，現在卻覺得那是他的畢生傑作。」

「那有哪些作品是你從以前到現在都很推崇的呢？」

「這個嘛，《項狄傳》[10]、《阿米莉亞》[11]、《名利場》、《包法利夫人》、《帕爾馬修道院》[12]、《安娜・卡列尼娜》，還有華茲華斯、濟慈和魏爾倫。」

「希望你聽了別介意，但我覺得沒什麼新意耶。」

---

7 湯瑪斯・卡萊爾（Thomas Carlyle），蘇格蘭評論家、諷刺作家、歷史學家。他的作品在維多利亞時代甚具影響力。

8 喬治・梅瑞狄斯（George Meredith），英國維多利亞時代詩人、小說家。

9 沃特・佩特（Walter Pater），英國作家，代表作是《文藝復興》（*The Renaissance*）。

10 《項狄傳》（*Tristram Shandy*），是英國作家勞倫斯・斯特恩寫的小說，被認為是後設小說的開山之作。

11 《阿米莉亞》（*Amelia*），英國小說家亨利・菲爾丁的最後一部作品。

12 《帕爾馬修道院》（*La Chartreuse de Parme*），法國小說家斯湯達爾於一八三九年出版的小說。

「我完全不介意啊。我也認為這沒什麼新意，但是你問我為什麼相信自己的判斷，我只是在跟你說明，無論我以前是因為膽小或尊重文壇主流看法而說了什麼，其實心底並不欣賞某些備受欽佩的作家，日子一久似乎也顯示我想得沒錯。我依直覺真心喜歡的作品都通過了時間的考驗，也受到評論家普遍的認可。」

洛伊沉默半晌，盯著杯底，不曉得在看咖啡剩多少，還是在設法接話。我朝壁爐架上的時鐘瞄了一眼，再不久就可以告辭了。也許我一開始就搞錯了，洛伊邀我吃飯只是要隨意聊聊莎士比亞和玻璃樂器。我暗自責怪自己不該抱持小人之心，眼神關切地看著他，若那真的只是他請我吃飯唯一的目的，想必他現在感到疲倦或灰心了；若他不是為了個人利益，只可能代表目前周遭環境令他喘不過氣。但他看到我在瞄時鐘，便又開口了。

「我實在不明白，一個人六十年來創作不輟，書一本接著一本，累積的讀者也愈來愈多，你居然還會去否定他的才華。再怎麼說，卓菲爾住的佛恩大宅裡，書架上可是塞滿了他的作品，全是翻成各種語言的譯本。當然我也承認，他過去許多作品現在看來有點老派，他大紅大紫的時機不對，又容易寫得冗長繁雜，情節多半太灑狗血，不過有項特色你不得不服：美感。」

「是喔？」我說。

「說穿了，除此之外其他都不重要，卓菲爾字裡行間都充滿了美感。」

「這樣喔。」我說。

「真希望他八十歲生日那天你有來，我們合送了一幅他的肖像畫，那場面真是令人難忘啊。」

「我看過那個報導。」

「不只有作家喔，包括科學家、政治人物、企業人士、文藝名流等各界代表冠蓋雲集。我想你平時很難見到這麼大一群達官顯貴，全都從布萊克斯泰勃車站下火車吧。首相頒給老先生榮譽勳章的時候，場面實在太感人了。他還發表了動人的演說，我跟你說，當天有好多人淚水都在眼眶裡打轉呢。」

「卓菲爾掉淚了嗎？」

「沒欸，他出奇地平靜，就像平時一樣，十分靦腆、寡言又彬彬有禮，當然也表示感激，只是有點淡漠的樣子。卓菲爾太太怕他太累，所以我們去吃午飯的時候，他就待在書房，他太太叫人拿托盤送食物給他。我趁大家在喝咖啡，悄悄溜去探望他。他一邊抽菸斗、一邊欣賞著那幅畫像。我問他覺得畫得如何，他卻微笑不答，然後問他能不能把假牙拿下來。我說不行，各界人士很快就要進來向他道別了。然後，我問他這一刻是不是非常美好，他說：『奇怪，太奇怪了。』我在想，他其實累壞了。最後那些日子，他吃東西吃得到處都是，抽菸也會把菸草弄得全身。卓菲爾太太不希望別人看到他這副模樣，不過對我當然不介意。我稍微幫他把衣服拍乾淨點，隨後他們都走進書房跟他握手道別。結束後，我們就回倫敦了。」

我站起身子。

「嗯，我真的得走了，很高興見到你。」

「我正好要去萊斯特藝廊看一場私人展覽，那裡有我認識的人，你有興趣的話，我可以帶你一起去喔。」

「你太客氣了，他們寄了邀請函給我，不了，我不會去。」

我們走下樓梯，我拿了帽子，跟他一同走到街上，正當我轉身要往皮卡迪利圓環，洛伊開口說：「我陪你走到前面吧。」他快步走到我旁邊。「你認識他的前妻對吧？」

「誰的前妻？」

「卓菲爾啊。」

「喔，對啊。」我早把他拋諸腦後。
「熟嗎？」
「滿熟的。」
「她很粗俗吧？」
「這我沒印象耶。」
「她一定俗氣得不得了。聽說她以前是酒吧服務生？」
「是啊。」
「我真搞不懂，老先生當初為什麼要娶她。我從以前就聽說她水性楊花得很。」
「是啊。」
「你記得她的樣子嗎？」
「記得啊，清清楚楚，」我略帶微笑，「她待人親切。」
洛伊哼笑了兩聲。
「一般人的印象可不是這樣。」
對此我沒答腔。此時已走到皮卡迪利圓環，我停下腳步，朝洛伊伸出手，他握了握我的手，卻感覺少了平時的熱情，好像對這次碰面頗為失望。我實在想不到有什麼好失望。無論他想要我幫什麼忙，我都無能為力，因為他完全沒給任何提示。我在麗池飯店的拱廊下漫步，沿著欄杆一直走到半月街的對面，不斷納悶是否自己的舉止比平時更冷淡。洛伊先前勢必覺得當天請我幫忙的時機不對。

我走在半月街上，不同於先前皮卡迪利圓環的熱鬧喧譁，此處格外靜謐舒適，安寧又莊重。大多數房子都在出租公寓，但並非擺出俗氣的出租告示牌；有些房子像醫生診所般用擦得光亮的銅板來宣傳，有些則在門上扇形窗工整寫上「公寓出租」的字樣。其中一、兩家格外謹慎，只寫出屋主的名字，不知情的人可能會以為那是裁縫店或錢莊。這裡不像同樣出租房間的傑明街那般交通擁擠，但幾家店門外停著無人看管的亮眼汽車，不時還可見到中年婦女從計程車出來。相較於傑明街常有喜愛賽馬的男人一早醒來頭痛欲裂、找酒來解宿醉，這裡的住戶沒那麼樂天與邋遢，多半是舉止端莊的女士，從鄉間前來倫敦待上六週，參與上流圈子的社交活動，見識年長仕紳的專屬俱樂部。這群人年復一年來住同一棟房子，也許在屋主仍在私人執業時就認識了。房東太太費羅斯女士曾在名門望族當過廚師，但若看她前往牧者市場上採買的模樣，你必定猜都猜不到。一般人對廚師的印象應該是粗壯、臉紅又豐腴，但她反而身材削瘦、腰桿挺直、衣著乾淨時尚。她已邁入中年，五官顯得堅毅，嘴唇塗著口紅，戴著單片眼鏡。她實事求是、沉默寡言，冷眼看待事物，花起錢來毫不手軟。

我住的房間位在一樓，客廳貼著老舊的大理石花紋紙，牆上則是浪漫風格的水彩畫：保皇派騎兵向戀人道別、古代騎士在富麗堂皇的大廳宴客。還有好幾盆大型蕨類植物，扶手椅的皮革已然褪色。整廳瀰漫著一八〇年代的氛圍，彷彿我一望向窗外，就會看到一輛私人馬車，而不是克萊斯勒汽車。四周的窗簾都是由厚重的紅綾紋布製成。

3

那天下午我有很多事要辦，但先前我與洛伊的談話、對於前天印象，加上不知何故，我踏入房間時，一股中年男子對往事的感懷竟比以往更強烈，引領我的思緒慢慢踏上回憶之路，彷彿過去住在此處的所有人簇擁而上，舉止老氣、衣著古怪，男人蓄著上窄下寬的落腮鬍、套著長禮服，女人則穿著由襯墊撐起的荷葉裙。倫敦市區的喧譁──不曉得是我幻想還是真的聽到（我住在半月街街口）──以及晴朗美麗的六月天（「今日何其美麗，純潔又滿是活力[13]」），讓我的白日夢憑添了傷悲，但不致於痛苦。我所見的過去似乎不再真實，彷彿成為戲中一景，我則是黑暗中頂層座位後排的觀眾。但就目前情景，一切清清楚楚，不若日常人生那般，因為各種感受不停湧現而失去輪廓、顯得霧濛濛，而是清晰又鮮明，一如維多利亞時代中期繪師費心描摩的油畫風景。

我想當代生活比四十年前有趣許多，現在的人也比較可親。以前的人也許更值得敬重、擁有更端正的品行，因為聽說他們的知識深厚。我不知道實情為何，只知道他們脾氣暴戾、食欲旺盛，多數人飲酒過量、缺乏運動，肝臟都有毛病，也常消化不良，動輒對人發火。我說的不是倫敦，畢竟我小時候對其一無所知；我說的也不是愛打獵、射擊的權貴，而是鄉下人與出身卑微的人、稍具家產的仕紳、牧師、退休軍官，以及諸如此類的地方人士。他們的生活乏味到令人難以置信：沒有高爾夫球場，幾戶人家共用欠缺保養的網球場，但都是年紀輕的人在使用；活動中心每年會舉行一次舞會；有馬車的人下午會去兜風，其他人會出門「健走」。你也許會說，還有很多娛樂這些人想都沒想過，他們只能偶爾邀彼此小聚找樂子（像是舉行茶會，大家帶著自己的樂譜，唱著茂黛・懷特和托斯第[14]的歌曲）。長日漫漫，百無聊賴。注定一輩子相鄰僅一英里的人彼此爭執不休，明明天天會在城裡遇到，二十年來卻無視對方。他們愛慕虛榮、固執古怪，也許這種生活造就了怪胎。以前的人不像現在大同小異，而是怪里怪氣得出名，都不太好相處。我們現在或許輕浮又粗心，但願意接納彼此，不像過去心懷猜忌；我們的舉止雖然欠缺細膩與思考，但待人親切，更懂得體諒妥

13　此句出自十九世紀法國象徵主義詩人馬拉梅（Stéphane Mallarmé）的十四行詩。

14　茂黛・懷特（Maude Valerie White）和托斯第（Tosti），兩人分別是法國和義大利作曲家。

協，不致性情乖張。

當時，我跟叔叔與嬸嬸住在肯特郡一座濱海小鎮的郊區，名叫布萊克斯泰勃。叔叔是教區牧師，嬸嬸則是德國人，出身於極為高貴卻已窮困潦倒的家族，當初嫁妝僅有細工鑲嵌的書桌——由十七世紀一位祖先所訂製——還有一組平底玻璃杯，我到他們家時，只剩幾個擺在客廳當裝飾。我喜歡上頭刻得細密的華麗盾形紋章，我不曉得圖樣共分成幾種，雖然嬸嬸曾煞有介事地向我說過，盾牌左右扶獸精美，王冠的羽飾浪漫非凡。嬸嬸是樸實的老太太，性情溫順和藹。不過，雖然她跟收入微薄、僅靠津貼過活的教區牧師結婚三十多年，卻從來沒有忘記自己高貴的血統。某次有位倫敦的銀行家——現今在金融圈的名人——租下附近一間房子當作避暑地點，雖然叔叔前去拜訪（我猜主要是幫忙助理牧師協會募款），嬸嬸卻拒絕同行，因為對方是生意人。沒人認為她作風勢利，反而覺得完全合乎情理。銀行家有個與我年齡相仿的小男孩，我忘了是怎麼認識他的，只記得當我問能否帶他到家裡玩，兩位大人討論了一番，最後才勉強答應，但不准我去他家玩。嬸嬸說若此例一開，之後就連賣煤商人的家裡我也會想去，叔叔說：「交友不慎，毀壞品行。」

那位銀行家以前每逢週日早上都會上教堂，而且必定在盤中留下半金鎊，但若他以為此舉留給人慷慨的好印象，就大錯特錯了。布萊克斯泰勃的居民都曉得此事，但只覺得他是在炫富。

布萊克斯泰勃有條蜿蜒的長街通往大海，街道兩旁是兩層樓的小房子，其中許多是住宅，也有不少商店。這條大街又延伸出數條剛鋪好的小路，一邊盡頭是鄉野，一邊盡頭是沼澤地。港口周圍散布著狹窄彎曲的巷弄。運煤船把煤從新堡運到布萊克斯泰勃，港口一帶熱鬧不已。我到足以獨自出門的年紀時，常常花上幾小時到附近閒逛，看著身穿緊身上衣、沾滿油汙的壯漢搬煤。

我正是在布萊克斯泰勃初次見到愛德華．卓菲爾。那年我十五歲，剛從學校回鎮上過暑假。回家隔天早上，我拿了毛巾和泳褲就往海灘走。晴空萬里，空氣暖熱，但北海吹來鹹鹹的海風，讓人覺得光是活著呼吸就無比暢快。冬天，布萊克斯泰勃的居民走在空蕩蕩的街道上，步履匆匆、身子縮成一團，避免接觸冷冽刺骨的東風；如今他們隨意漫步，三五成群站在「肯特公爵」和「熊與鑰匙」兩間旅館之間的空地。你聽到他們低沉的東英格蘭方言，拖著語尾，口音也許不大好聽，但自小耳濡目染，我仍能從中體會悠然自得的韻味。他們的皮膚亮澤、眼眸湛藍、顴骨高且髮色輕淡，外表乾淨、誠實又天真。我認為他們不太聰明，但做人沒心眼。他們看起來健健康康，雖然個子不高但多半強壯有活力。當時，布萊克斯泰勃路上的馬車很少，站在路邊閒聊的民眾，除了碰上醫生或烘焙師傅的雙輪馬車外，幾乎不用讓路。

經過銀行時，我順道進去跟經理打招呼，他是我叔叔的教會執事。我走出銀行時，遇到叔叔的助理牧師。他停下腳步跟我握手，身旁隨行著一名陌生人，牧師並沒向對方介紹我。他個子不高、蓄著鬍子，身穿搶眼的亮棕色燈籠褲，褲管很緊，下頭是黑長襪與黑靴，頭戴圓頂氈帽。那時燈籠褲相當少見，至少在布萊克斯泰勃不普遍。年輕氣盛又剛結束課業的我，立刻就視那傢伙為無賴。但我跟助理牧師閒聊時，他卻親切地看著我，淡藍的眼眸流露著笑意。我覺得他其實也想加入閒聊，我便擺出一副高傲的態度，心想才不要給這傢伙搭話的機會。他穿燈籠褲的模樣活像獵場的看守員，我也厭惡他那滿臉親切的熟悉感。我自己穿著無懈可擊：白色法蘭絨長褲、藍色休閒外套，胸前口袋繡著校徽，頭戴黑白交錯的寬邊草帽。助理牧師後來說得先告辭了（真是幸好，因為我凡是在街頭巧遇友人，從不曉得如何脫身，苦無機會之下，只好忍受窘迫的煎熬），不過牧師隨後說下午會到叔叔家拜訪，請我知會一聲。我們告別時，那名陌生人點頭微笑，我卻冷冷地瞪了他一眼。我猜想他是來避暑的遊客，布萊克斯泰勃的居民向來不跟這種人打交道。我們認為倫敦人俗不可耐，常說每年都有一堆沒教養的老粗從城裡跑來，真是太嚇人了。不過，那些生意人當然樂見此事。然而，每當九月進入尾聲，布萊克斯泰勃恢復原本的寧靜，就連他們也都鬆了口氣。

我回家吃午餐時，頭髮還沒乾透、一條條黏著腦袋，我說自己見到了助理牧師，他下午要來拜訪。

「謝帕德老太太昨天晚上過世了。」叔叔說。

助理牧師名叫蓋洛威，高瘦笨拙、一頭黑髮亂蓬蓬，還有張蠟黃的小臉。他應該相當年輕，在我看來卻像中年人。他說話滔滔不絕，還搭配許多手勢，這讓旁人覺得他十分古怪，若非他老是充滿活力，我叔叔才不會留他在身邊。叔叔本身懶得要命，自然樂於有人分擔一大堆工作。蓋洛威先生跟叔叔談完正事後，便進來向我嬸嬸打招呼，嬸嬸請他留下來喝茶。

「今天早上跟在你旁邊的是誰啊？」他坐下時，我問道。

「喔，愛德華．卓菲爾啊。我沒有跟你介紹，因為不知道你叔叔願不願意讓你認識他。」

「我看認識可就麻煩了。」我叔叔說。

「怎麼，他是誰呀？不是布萊克斯泰勃的人嗎？」

「他出生在這個教區，」我叔叔說：「父親以前是佛恩大宅中沃夫小姐的莊園管家。但是他們都不是天主教徒。」

「他娶了個布萊克斯泰勃的老婆。」蓋洛威先生說。

「應該是在教堂完婚吧？」嬸嬸說：「聽說她在鐵道酒館當過吧台服務生，真的嗎？」

「她看起來就有那類的工作經驗。」蓋洛威先生語帶微笑。

「他們打算住很久嗎？」

「我想是吧。他們已經在公理會禮拜堂那條街上租了棟房子。」蓋洛威說。那時在布萊克斯泰勃，新鋪的街道當然都會有名字，但沒人曉得，也不會使用。

「他會來做禮拜嗎？」叔叔問。

「老實說，我還沒有跟他聊過這件事，」蓋洛威先生回答：「他很有學問喔。」

「我不太相信。」叔叔說。

「據我所知，他先前就讀於哈瓦山姆學校，獲得一大堆獎學金和獎項。他也拿到沃登的獎學金，卻選擇跑船去了。」

「聽說他這個人冒冒失失的。」叔叔說。

「他看起來也不太像船員。」我說。

「喔，他不出海好多年了，之後什麼工作都幹過。」

「樣樣通，樣樣鬆。」叔叔說。

「現在他是個作家。」

「這也撐不了多久啦。」叔叔說。

我先前不認識任何作家，因此深感興趣。

「他都寫哪類作品呢？書嗎？」我問。

「是吧，」助理牧師說：「他也會寫寫文章，去年春天出版了一本小說，還答應要借我看。」

「要是我的話，才不會把時間浪費在那種垃圾上。」叔叔說，他平時除了《泰晤士報》和《衛報》，其他一概不讀。

「那本書叫什麼？」我問。

「他跟我說過書名，但是我忘了。」

「反正你也不必知道，」叔叔說：「我非常反對你讀那些沒營養的小說。你現在放暑假，最好多到戶外活動，而且你應該有暑假作業吧？」

的確，我得讀完《艾凡赫》[15]。我十歲時就讀過這本書，一想到要再讀一遍並寫一篇小論文，我就心煩意亂。

如今思忖著愛德華．卓菲爾日後的卓越成就，又記起當時在叔叔餐桌上談論他的情景，我不禁莞爾。不久前，他剛去世時，不少仰慕者紛紛表示他應該要埋在西敏寺。現任布萊克斯泰勃牧師，即我叔叔退休後兩任的接班人，曾去函《每日郵報》指出，卓菲爾出生在該教區，長年生活在那裡，最後二十五年更是沒離開過，還把筆下數本著名作品的場景設定於此。他理應安葬於布萊克斯泰勃的教堂墓地，跟父母一塊長眠於肯特郡的榆樹底下。西敏牧師長斷然拒絕後，卓菲爾太太寫了封信給各大報社，字裡行間矜持莊重，說相信若將亡夫安葬於他熟悉又深愛的純樸百姓旁，毋寧是實現他最真切的心願，這讓布萊克斯泰勃居民都鬆了一口氣。不過，除非布萊克斯泰勃的名流顯要迥異於以往，否則我相信他們不大喜歡「純樸百姓」這個用詞，但我日後才曉得，他們一直都「受不了」第二任卓菲爾太太。

15 《艾凡赫》（*Ivanhoe*），十九世紀蘇格蘭作家沃特．史考特（Walter Scott）出版的歷史小說。

4

沒想到，就在我跟歐洛伊．基爾吃完午餐後的兩、三天，就收到愛德華．卓菲爾遺孀的來信，內容如下：

吾友惠鑒：

　　聽聞你上週與洛伊相談許久，話題都繞著愛德華．卓菲爾打轉。很高興得知你對他的美言。愛德華生前經常提到你，對你洋溢的才華讚歎有加，那次你來家中用餐，他見到你特別開心。不曉得你手邊是否有他過去寫給你的信件？若有，是否方便讓我謄寫一份？若你願意來住個兩、三天，我會非常歡喜。現在我在家中生活清靜、無人作伴，所以時間由你作主。若能再與你相見、聊聊往事，我會十分高興。另外有件事希望你幫忙，相信看在我摯愛亡夫的面子上，你不會拒絕的。

愛咪．卓菲爾敬上

我先前與卓菲爾太太僅有一面之緣，不太把她放在心上。我不喜歡別人稱我為「吾友」，光是這個提稱語就足以婉拒邀約了。我也很氣惱信中的措辭，讓我無論找到再高明的藉口，都無法掩蓋真正回絕的原因，也就是我並不想去。我手邊沒留著卓菲爾的信件。多年前，他好像來信數次，都是寥寥幾句，但他當時只是沒沒無聞的寫手，就算我真有保存信件的習慣，也絕不會想到要把他的留下。我怎麼知道他日後會成為當代公認最偉大的小說家呢？我之所以猶豫不決，只是因為卓菲爾太太說有事相求。這樁事確實麻煩，但能力所及又拒絕會顯得太過失禮，畢竟她的丈夫可是赫赫有名的人物。

這封信是當天頭一批郵件，我吃完早餐便打電話給洛伊。我一報上名字，他的祕書就立即幫忙轉接。要是我在寫偵探小說，當下就會猜他在等我的電話，而洛伊那充滿男人味的「哈囉」便會證實這點。沒人一大早就可以如此興高采烈的。

「希望沒有把你吵醒啊。」我說。

「說什麼呢，才沒有，」電話那頭傳來他活力十足的笑聲，「我七點就起床了，剛才在公園裡騎馬，正準備要吃早餐，要不要來一起吃？」

「洛伊，雖然我很喜歡你這傢伙，」我回答道：「但我覺得自己不會想跟你共進早餐啦。再說，我已經吃過了。我要說的是，剛才收到一封卓菲爾太太寄來的信，邀請我過去住個幾天。」

「是啊，她跟我說打算問你。我們說不定可以一起去。她家的草地網球場很棒，她又非常好客。我想你會喜歡。」

「她要我幫什麼忙啊？」

「欸，我覺得她想親自跟你說。」

洛伊的聲音溫柔，我想若他告訴一名準父親說，太太即將滿足他的心願，想必就會用這種語調，可惜這方法對我沒效。

「少來，洛伊，」我說：「我都幾歲的人了，沒那麼好騙，從實招來。」

電話另一頭沉默了半晌，感覺洛伊聽了不大開心。

「你今天早上有事嗎？」他突然問：「我想去找你。」

「好，來吧。我一點鐘以前應該都在家。」

「我大約一個小時內過去。」

我放下聽筒，重新點燃菸斗，又把卓菲爾太太的信讀過一遍。

她說的那頓午宴我歷歷在目。我碰巧在特坎伯里附近，住在霍德馬許夫人家中消磨漫長的週末。霍德馬許夫人是聰明伶俐、姿色妍麗的美國人，她丈夫是位愛好運動的准爵，腦袋愚鈍、舉止缺乏魅力。也許為了減少家庭生活的乏味，她習慣款待文人雅士、舉辦社交聚會，出席者形形色色，氣氛歡樂。貴族與仕紳驚奇又敬畏地跟畫家、作家和演員交流。霍德馬許夫人如此盛情款待，卻從來不讀任何賓客的小說，也不看他們的畫作，只喜歡這些人的陪伴，享受沉浸在文藝知性中的快感。那回對話中，我們短暫提及愛德華・卓菲爾這位住她隔壁的大名人，我說自己有陣子與他熟識，霍德馬許夫人於是提議，我們不妨週一去他家用餐，那天她剛好有許多客人要回倫敦。我面帶猶豫，因為我與卓菲爾已有三十五年沒見了，不太相信他還記得我，就算記得（但我並未表達這個想法），也不會是多愉快的回憶。但當時有位叫史卡利昂爵爺的年輕貴族在場，深具文藝脾性，並未按照常理或順應血統而治理這片地區，反而把整副精力投入偵探小說的創作。他亟欲見卓菲爾一面，因此當霍德馬許夫人有此提議，他便附和說這主意太美妙了。那次宴會的主賓是位又高又胖的年輕公爵夫人，對於這位大作家崇拜備至，甚至準備取消倫敦某個邀約，延後到週一下午再回去。

「那就我們四個人囉，」霍德馬許夫人說：「我想再多人的話，他們會應付不來。我這就給卓菲爾太太發個電報。」

我實在不想跟這群人去見卓菲爾，便設法從旁潑冷水。

「這只會煩死他吧，」我說：「他一定很討厭一群陌生人貿然上門拜訪，他已經年紀一大把了耶。」

「所以他們才想見見他，最好現在就去。他也活不了太久了。卓菲爾太太說他喜歡認識新朋友，現在除了醫生和牧師之外，他們夫妻倆也沒有其他訪客，我們去才會有新鮮感。卓菲爾太太說過，只要是有意思的人，我都可以帶去他們家。當然，她得小心過濾訪客，畢竟卓菲爾先生常受到各式各樣的打擾，有些人單純無聊，好奇想看看他，有些是想訪問他的記者，有些是拿作品來討教的作家，有些是歇斯底里的蠢女人。但是，卓菲爾太太很了不起，只接待她認為丈夫應該見的人，把閒雜人等都拒之門外。我的意思是，如果他來者不拒，不出一個星期就一命嗚呼了，太太不得不考量到他的體力能否負荷呀。我們自然跟其他人不一樣囉。」

我們開著一輛亮黃色的勞斯萊斯，前往距離布萊克斯泰勃三英里的佛恩大宅。那是一幢灰泥房子，我猜建於一八四〇年左右，看起來樸實無華但堅固。大宅正面和背面樣子相同，每面各有兩扇圓肚窗，前門落在中央，二樓也有兩扇圓肚窗。低矮的屋頂被一堵普通的護牆遮住了。大宅座落在大約一英畝的花園裡，種植了不少樹，但打理得十分乾淨。從客廳的窗戶望出去，可以看到樹林和綠油油的山坡。客廳內的擺設如同一般中等大小的鄉間別墅，讓人略感侷促。舒適的椅子和大沙發上鋪著乾淨明亮的印花棉布，窗簾也是相同的材質。幾張齊本德爾[16]式的小桌上，擺著盛滿芬芳乾燥花的東方大碗。米色牆上掛著本世紀初知名畫家賞心悅目的水彩畫。屋內四處可見布置得妍麗動人的花束。大鋼琴上的銀相框中，都是絕世名伶、已故作家和王室旁系成員的照片。

無怪乎公爵夫人一進來就大聲嚷嚷，說客廳有多美麗。這正是適合名作家安度晚年的地方。卓菲爾太太出來接待我們，態度謙遜又自信。依我看，她約莫四十五歲，有張蠟黃的小臉，五官勻稱分明，頭上緊壓著一頂黑色鐘形帽，身穿一襲灰色外套和裙子。她的身形纖細、不高不矮，看起來俐落、能幹又機靈，活像某個大地主守寡的女兒，獨自負責教區事務，而且天生組織能力出色。一位神職人員與一位女士看到我們進來便起身致意，卓菲爾太太介紹我們認識，兩人分別是布萊克斯泰勃的教區牧師與他的妻子。霍德馬許夫人和公爵夫人佯裝親和力十足的模樣——有身分地位的人凡是遇到不如自己的人往往會擺出這種姿態，藉此表示自己半點都沒察覺兩者之間的階級差異，這真教人不敢恭維。

接著，愛德華・卓菲爾走了進來。我在畫報上曾不時看到他的照片，見到本人仍不禁大感詫異。他比我印象中來得矮又削瘦不已，寥寥無幾的銀白細髮勉強蓋著頭頂，鬍子刮得很乾淨，皮膚幾呈透明，一雙藍眼黯淡無光，眼瞼周圍紅通通的。他看起來已垂垂老矣，隨時都可能撒手人寰。他有一口白亮的假牙，笑容顯得勉強而僵硬。我這是頭一次見到沒蓄鬍的他，嘴唇顯得既薄又無血色。他穿著一套剪裁合身的全新藍色嗶嘰外衣，大上兩、三號的低領露出皺巴巴的脖子，繫著俐索的黑色領帶，上頭鑲了顆珍珠，整體看來有點像穿便服在瑞士避暑的教長。

他走進客廳時，卓菲爾太太迅速瞄了他一眼，露出鼓勵的微笑。她想必對丈夫乾乾淨淨的外表相當滿意。他和客人們一一握手，對每個人都寒暄了幾句，走到我面前時，他說：「你這個事業有成的大忙人，大老遠跑來看我這個老頭子，真是客氣。」

我聽了有些吃驚，因為這語氣彷彿以前沒見過似的，我怕朋友會以為我在吹噓，畢竟我先前才說曾跟他熟識一陣子。我納悶不已，他是否已完全忘了我。

16 齊本德爾式，十八世紀英國家具設計師齊本德爾（Thomas Chippendale）開創的風格，例如球狀椅腳和華麗椅背，融合哥德、中國和洛可可的特色。

「我都忘記我們有多少年沒見了。」我說，設法佯裝熱絡。

他看著我，前後大概數秒鐘，我卻覺得相當漫長，接著忽然愣住——他朝我眨了眨眼，動作快到除了我以外沒任何人察覺，那表情就這樣違和地出現在那老態龍鍾的臉上，我簡直不敢相信自己的所見。他的臉瞬間又恢復平靜，睿智慈祥，默默觀察四周。一聽到午宴已就緒，我們便逐一走進飯廳。

飯廳只能用極盡高雅來形容。齊本德爾式餐具櫃上擺了銀製燭台，我們坐著齊本德爾式的椅子、圍著齊本德爾式的餐桌吃飯，桌子中央的銀碗盛著玫瑰花，周圍是裝著巧克力和薄荷奶油糖的銀碟。銀鹽瓶擦得亮晃晃，明顯是喬治王時期的風格。奶油色的牆上掛著彼得·萊利爵士的美柔汀[17]仕女銅版畫，壁爐架上有一套台夫特藍瓷。兩名身穿棕色制服的女傭隨侍在側，卓菲爾太太不停與人交談的當下，也留神注意她們。我很好奇，她何以能把體態豐腴的兩位肯特郡女孩（健康的膚色和高高的顴骨在在顯示她們是「本地人」）訓練得手腳如此靈巧。午宴菜色恰到好處，精緻卻不浮誇：白醬龍脷魚、烤雞、新鮮馬鈴薯與青豆、蘆筍，和鵝莓果泥。無論是飯廳裝潢、午餐食材和儀態舉止，都令人覺得與享譽盛名的小康文人十分相稱。

卓菲爾太太就如同多數文人的妻子般健談，絕不會讓自己餐桌這頭的對話冷場。

因此，即使我們想聽她丈夫在另一頭說了什麼，也找不到機會。儘管愛德華．卓菲爾健康欠佳、年事已高，讓她不得不一年到頭都幾乎待在鄉下，爽朗活潑的她依然經常進城，隨時掌握當下潮流，不久便與史卡利昂爵爺熱烈討論著倫敦舞台劇與皇家藝術學院的擁擠人潮。她一共去了兩次才欣賞完所有油畫，但還是沒來得及去看水彩畫。她對水彩畫情有獨鍾，因為絲毫不矯情。她討厭一切矯情的事物。

為了讓男女主人坐在餐桌頭尾，教區牧師便坐在史卡利昂爵爺旁邊，牧師太太則坐在史卡利昂夫人旁邊。公爵夫人向牧師太太談起勞工階級的住宅問題，她對這個議題似乎比牧師太太熟悉許多，而我也不必專注於此，便觀察著愛德華．卓菲爾。他正在跟霍德馬許夫人聊天，聽起來霍德馬許夫人在教他如何寫小說，還列了張必讀清單給他。他似乎基於禮貌仔細聆聽，三不五時回應兩句，只是音量低到我聽不清楚；每當夫人說起笑話（這是她的習慣，而且通常趣味橫生），卓菲爾便咯咯笑個兩聲，旋即朝她瞥一眼，眼神彷彿在說：原來這女人沒想像中那麼傻嘛。想起這段往事，我不禁好奇地問起自己，不曉得他對眼前這群訪客，對打扮稱頭、幹練又勤儉持家的妻

17　美柔汀（Mezzotint），凹版畫技法，可以細膩處理黑白對比與層次。

子，以及對自己所處的文雅環境，抱持著何種看法。我好奇他是否懊悔年少輕狂的歲月，也好奇這一切是否能取悅他，還是其實在那彬彬有禮的舉止底下隱藏著強烈難耐的倦怠。也許他察覺到我的目光，因為他把視線移到我身上，若有所思地稍作停留，神情溫和卻又不知在打量什麼。就在那一瞬間，他又朝我眨了眨眼，這次千真萬確。那張衰老又憔悴的臉上，浮現如此輕浮的動作，已無法僅用驚嚇來形容，根本令人尷尬至極。我不知道該怎麼辦，只能擠出勉強的微笑。

但在公爵夫人加入了桌頭的對話後，牧師太太便轉過頭來。

「你好多年前就認識他了對吧？」她低聲問我。

「是的。」

她掃視一遍周圍的賓客，確認沒人注意到我們交談。

「她很緊張，怕你喚起她丈夫心中痛苦的往事。你也知道，她丈夫的身子虛弱得很，再小的事都會讓他心煩。」

「我會很小心的。」

「她真的把丈夫照顧得無微不至，奉獻的精神很值得我們大家效法。她也明白自己扛的負荷有多珍貴，這麼無私的精神實在難用任何言語形容。」牧師太太又壓低音量，「當然啦，丈夫年紀一大把了，這把年紀有時候會有點難伺候，只是我從來沒看過她不耐煩。她這麼盡心盡力，跟自己的丈夫一樣了不起。」

這類評價實在很難回應，她卻似乎在等我答腔。

「就一切的情況來說，我覺得他看起來氣色很好啊。」我低聲說。

「這都是太太的功勞。」

午宴結束後，我們回到客廳。大夥隨處站著兩、三分鐘後，愛德華·卓菲爾朝我走了過來。我正在跟牧師閒聊，後來無話可說了，便開始稱讚起外頭迷人的景致。我轉頭面對卓菲爾先生。

「我剛好在說那一排鄉間小屋太詩情畫意了。」

「從這個角度看是沒錯。」卓菲爾望著那排小屋斷斷續續的輪廓，薄薄的嘴唇揚起嘲諷的微笑。「我就在其中一間出生的，奇怪吧？」

但此時卓菲爾太太熱情洋溢地快步走來，聲音輕快悅耳。

「愛德華，公爵夫人想參觀一下你的書房，她差不多要先走了。」

「抱歉抱歉，可是我一定得趕上三點十八分從特坎伯里出發的火車。」公爵夫人說。

我們魚貫進入卓菲爾的書房，位於大宅另一頭，裡頭空間寬敞，有扇圓肚窗，外頭景色跟飯廳相同。任何盡心盡力的妻子想必都會替文人丈夫安排這類房間。書房內一塵不染，擺著盛滿花朵的大碗，氛圍更顯柔和。

「他後期的作品都是在這張書桌前寫成的，」卓菲爾太太邊說邊把一本反扣在桌面上的書本闔上，「這也是精裝集第三冊的扉頁插畫，這可是古董級的家具喔。」

我們莫不讚歎那張書桌。霍德馬許夫人以為沒人在看，便用手指摸起書桌下緣，看看是否為真材實料。卓菲爾太太旋即露出開朗的微笑。

「你們想不想看他的手稿呢？」

「當然好，」公爵夫人說：「但看完我就得趕路了。」

卓菲爾太太從書架拿了一份藍色摩洛哥羊皮裝幀的手稿，在場其他人畢恭畢敬地欣賞手稿時，我趁機瞧了瞧房間四周陳列的書籍。只要是作家都會有同樣反應：飛快地掃視一遍，想看看是否有自己的書，可惜一本也找不到。然而，我看到了歐洛伊．基爾的整套作品，以及許許多多裝幀亮眼的小說，疑似從沒拆開讀過。我猜那些都是作家對才華蓋世的文壇大師萬般景仰，而特地寄來的作品，也許暗地希望能獲得幾句美言，好放入出版社的宣傳廣告中。但所有書籍都擺放得整整齊齊、乾乾淨淨，因此我才覺得鮮少有人讀過。書架上有《牛津辭典》，以及諸如菲爾丁、博斯韋爾、赫茲利特[18]等作家筆下經典的精裝標準版，還有一大堆關於海洋的書籍；我也認出海軍部發行的航海指南，五顏六色、雜亂無章；有些則是探討園藝的作品。這個書房不大像作家工作室，反倒像名人紀念館，就算看到閒逛的遊客因為無所事事晃進來，或聞到冷門博物館中不通風的霉味，也不太需要驚訝。我揣想，卓菲爾如今若還會找書來讀，想必會是《園藝紀事報》或《航運報》，我看到角落有張桌子上就擺了一整疊。

眾女士欣賞完想看的東西後，我們才向主人告別。但霍德馬許夫人向來機敏，勢必已想到我明明是促成這場午宴的藉口，卻幾乎沒有跟愛德華．卓菲爾說到話，因為到了門口時，她一邊對我投以親切的微笑，一邊對卓菲爾說：

「聽說你和艾森登先生多年前就認識了，真是太好玩了。他小時候乖不乖呀？」

卓菲爾凝視了我一會，眼神冷靜中帶著嘲諷。我總覺得，假如當時無人在場，他就會朝我吐吐舌頭。

---

18 菲爾丁（Henry Fielding）、博斯韋爾（James Boswell）、赫茲利特（Henry Hazlitt），上述三人均為英國十八世紀知名作家。

「很怕生，」他回答：「我教過他騎腳踏車。」
我們再次坐進那輛勞斯萊斯，隨即駛離大宅。
「他人太好了，」公爵夫人說：「幸好我們跑了這一趟。」
「他好彬彬有禮喔，對吧？」霍德馬許夫人說。
「妳該不會期待看到他拿刀吃青豆吧？」我問。
「要是這樣就好了，」史卡利昂說：「那個畫面一定美到不行。」
「我覺得實在太難了，」公爵夫人說：「我試了好幾次，豆子都會從刀子上滑下來。」
「妳要用戳的呀。」史卡利昂說。
「才不是這樣，」公爵夫人反駁道：「你必須把豆子平放在刀面上，但是它們偏偏會滾來滾去。」
「你覺得卓菲爾太太怎麼樣？」霍德馬許夫人問。
「我想她盡心盡力了。」公爵夫人說。
「可憐的太太，作家都這麼老了，一定有人從旁照顧。妳知道她以前在醫院當護士嗎？」

「是喔？」公爵夫人說：「我還以為她是他的祕書還是打字員之類的。」

「她人很好唷。」霍德馬許夫人熱情地替朋友說話。

「嗯，滿好的。」

「大約二十年前，作家生了一場大病，當時她是照顧他的護士，等他病好後，兩人就結婚了。」

「男人居然會這樣啊。她年紀一定小很多，她最多不超過四十或四十五歲吧？」

「我倒不這麼認為，應該起碼四十七歲，聽說她為作家付出很多。我的意思是，她把作家照顧得十分妥帖。歐洛伊．基爾跟我說過，作家以前根本就是個浪子。」

「作家的太太通常很惹人厭。」

「可不是嗎？非得跟她們打交道，想到就煩。」

「真是受不了。真納悶她們怎麼沒自知之明。」

「可憐哪，她們常常有種錯覺，誤以為旁人覺得她們有趣。」我喃喃地說。

我們抵達特坎伯里，送公爵夫人到車站後，便繼續驅車上路。

5

愛德華・卓菲爾的確曾教我騎腳踏車，我就是這樣認識他的。我不知道有輔助輪的腳踏車發明了多久，但這在我住的肯特郡偏遠鄉下並不常見。你看到有人騎著有實心輪子的單車快速經過，必定會轉頭盯著，直到對方身影消失為止。這對於中年紳士是好笑的事，他們會說兩條腿就夠用了，但老婦人看了則萬分驚恐，一見腳踏車過來就衝到路邊躲避。有段時間，我看到其他男孩騎著腳踏車在校園裡穿梭，心裡充滿羨慕之情，尤其是放開把手騎進校門時，更是大出風頭的機會。我先前已說服叔叔讓我在暑假開始時買輛腳踏車。雖然嬸嬸依然反對，說我包準會摔斷脖子，但叔叔後來實在拗不過我，而且因為我要用自己的錢買，他也就更願意答應。我在學校放假前就下訂，幾天後車子便從特坎伯里運來了。

我下定決心要自己學會騎車，同學都說他們半小時就學會了。我試了又試，最後得出結論：自己實在笨到家（現在想想，當時真是太誇張了），但即使我放下了自尊心，讓園丁扶著我上車，第一天早上結束時，好像還是沒辦法自己騎上去。不過到了隔天，我心想叔叔家外的車道太彎了，成功學會騎車的機會不大，便推著腳踏車到外頭一條平坦的直路上，那裡人煙稀少，不會有人看到我出洋相。我一次次設法騎上去，但每次都摔下來，小腿還被踏板刮傷，搞得燥熱又心煩。我練習了大約一小時後，開始覺得是上帝的旨意，不要我騎車，但還是決定堅持下去（想到代表布萊克斯泰勃的叔叔那副嘲諷的嘴臉就受不了）。討厭的是，我看到遠方有兩人沿著這條僻靜的路騎著腳踏車過來。我立即把自己的車推到路邊，找了個台階坐下，漫不經心地望著大海，假裝自己是出來兜風，剛好坐在那裡對著浩瀚的大海沉思。我刻意讓目光顯得茫然，避開向我騎來的那兩人，卻覺得他們愈來愈近，眼角餘光看得出是一男一女。他們從我身邊騎過時，那女人猛然轉向我這一側，直接撞到我身上，隨即摔倒在地。

「哎喲真對不起，」她說：「我一看見你就知道自己會摔下來。」

在這種情況下，根本不可能保持若有所思的樣子。我漲紅著臉說沒事。

她摔車時，那男子已先下車了。

「你沒有受傷吧？」他問。

「喔，沒有。」

我認出他就是愛德華．卓菲爾，幾天前我看到走在助理牧師旁邊的那位作家。

「我只是在學騎車，」他的女伴說：「不管在路上看到什麼，我都會摔車。」

「你是牧師的侄子吧？」卓菲爾說：「我前幾天見過你，是蓋洛威跟我說的，這位是我太太。」

她伸出手來，坦率得詭異。我握住她的手時，感受到熱情洋溢的力道。她的雙唇與眼神都流露著笑意，即使我當時還小，也看得出她的笑顏格外親切。我腦袋一片混亂。小時候的我面對陌生人時極不自在，沒心思看清楚她外貌的任何細節，僅留有高大金髮女人的印象。我不曉得自己當時就留意，還是事後想起來，她那天穿著藍色嗶嘰長裙、前胸與衣領都漿過的粉紅襯衫，濃密金髮上戴著一頂草帽，我記得以前叫作船夫帽。

「我覺得騎腳踏車很好玩耶，你覺得呢？」她邊說邊看著我那輛靠著籬笆台梯的漂亮新車。「騎得很順的感覺一定很棒。」

感覺這是暗自欽羨我騎車很熟練。

「多多練習就好了。」我說。

「我才上到第三堂課。卓菲爾先生說我進步很快，但我覺得自己笨死了，只想狠狠踹自己一腳。你學多久才會騎啊？」

我完全是面紅耳赤，勉強才說出丟臉的話。

「我還不會騎，」我說：「這輛腳踏車我才買沒多久，今天才是我第一次練習。」

我當下含糊帶過，但在內心加了一句但書：昨天在自家花園練習不算的話。這樣才問心無愧。

「你願意的話，我很樂意教你唷。」卓菲爾親切地說：「來吧。」

「喔，不用啦，這怎麼好意思。」我說。

「有什麼不好意思？」他太太問道，一雙藍色眼眸仍綻放親切的笑。「卓菲爾先生想教你呀，這樣我也剛好休息一會。」

卓菲爾牽起我的腳踏車，我不情願但又擋不了他那善意的蠻力，只好笨拙地跨上車，整個人搖搖擺擺，但他一手牢牢地扶著我。

「踩快點。」他說。

我踩著腳踏板，左搖右晃騎著車，他陪在我旁邊跑著。我們熱得半死，雖然他費了力氣，我終究還是摔了下來。在這種情況下，我實在很難再維持身為牧師侄子，對沃夫小姐的管家兒子那種應有的淡漠。我重新跨上車，居然自己騎了三、四十公尺，卓菲爾太太跑到路中央，雙臂扠腰大喊：「加油加油，我很看好你。」我笑得合不攏嘴，完全忘記自己的社會地位。我自己下了車，肯定滿臉沾沾自喜的神情，毫不害臊地接受卓菲爾夫婦的恭喜，不斷誇我腦筋真好，第一天就學會騎腳踏車。

「我來看看自己能不能騎上車。」卓菲爾太太說。我再度坐回路邊台梯，跟她先生看她努力半天卻一直失敗。

後來她又想稍作休息，便在我身邊坐了下來，雖失望卻不失開朗。卓菲爾點燃他的菸斗。我們聊了起來。如今我才曉得，當時自己未意識到，她坦誠的態度令人放下心防。她的話老是說得熱切，像孩子一樣洋溢著對生命的活力，迷人笑靨點亮一對眼眸。我說不上來自己為何喜歡，若狡黠不是令人反感的特質，那她大概就是略顯狡黠吧，卻又太過天真無邪。確切來說，那比較像淘氣，就像孩子明明知道在你眼中是搗蛋的行為，卻還是做了一件自認好玩的事，內心篤定你不會真的發脾氣。而若你沒法一下子發現，他還會來親自告訴你。但當然，那時的我只知道她的笑容令人心安。

沒多久，卓菲爾看了看手錶，說他們得走了，提議我們一起神氣地騎車回去。那剛好是叔叔和嬸嬸每天從鎮上散步回來的時間，我不願意冒這個風險，被看到我旁邊居然是他們不屑一顧的人，我只好請他們先走，因為他們騎比較快。

「讓他自己騎回去吧，蘿西，他一個人比較沒壓力。」

「好吧，你明天也會來練習嗎？我們會來唷。」

「我盡量。」我答道。

他們騎著腳踏車走了。過了幾分鐘，我才跟著出發。我內心非常得意，一路騎到叔叔家門口都沒摔下來。我想必在吃飯時自吹自擂了一番，但沒有說遇到了卓菲爾夫婦。

隔天早上十一點左右，我把腳踏車牽出馬車房。說是馬車房，但其實連一輛小型馬車都沒有，而是拿來讓園丁擺割草機和滾軋機，也是瑪麗安存放雞飼料的地方。我把車子推到大門口，好不容易騎上去，沿著特坎伯里路一直騎到舊時收費道路，再轉彎進到歡樂巷。

天空湛藍，暖烘烘的清新空氣好似傳來劈啪的聲響。陽光燦爛卻不刺眼，光束彷彿帶著定向熱能打在白色路面上，像皮球般反彈回來。

我來回騎著腳踏車，等著卓菲爾夫婦到來，沒多久便看到他們。我向他們揮揮手，把車身轉過來（先下了車才掉頭），跟他們一起往前騎去。我和卓菲爾太太互相誇獎彼此進步不少。我們焦慮地騎著車，死命抓緊兩邊手把，內心又欣喜若狂。卓菲爾說，等我們對自己有信心後，必定要騎遍全國各個角落。

「我想在附近找一、兩個黃銅來拓印看看。」他說。

我不懂他的意思，但他也沒解釋。

「等著看，我會示範，」他說：「你覺得明天騎得了十四英里嗎？來回各七英里。」

「沒問題。」我說。

「我會幫你帶一張紙和一些蠟，這樣你就可以拓印了。不過，你最好先徵詢你叔叔的同意。」

「不用問他啦。」

「我覺得最好說一聲。」

卓菲爾太太用她那古怪的眼神瞧著我，狡黠卻不失友善，我漲紅了臉。我知道，若跟叔叔提起此事，他勢必不會答應，所以最好絕口不提。沒想到我們往前騎時，我看到醫生坐著雙輪馬車迎面而來。他經過旁邊時，我直視著前方，妄想若我不去看他，他就不會看到我。我心裡很不安。若他看到我了，這件事很快就會傳到叔叔或嬸嬸耳裡。我不禁揣想，反正紙包不住火了，假如自己先吐露祕密，是否會更妥當一些？我們在叔叔家門前互相道別（一路有他們陪著，實在免不了騎到家門口），卓菲爾說若我隔天可以同行，最好早點去找他們。

「你知道我們住哪裡吧？就在公理會教堂隔壁，叫作萊姆小屋。」

我坐下來吃飯時，想找機會把我無意中巧遇卓菲爾夫婦的消息隨口說出來，但消息在布萊克斯泰勃傳得很快。

「今天早上跟你一起騎腳踏車的那些人是誰啊？」嬸嬸問，「我們在鎮上遇到了安斯泰醫生，他說看到你。」

叔叔正咀嚼著他的烤牛肉，一副不以為然的神情，悶悶不樂地盯著面前的盤子。

「卓菲爾夫婦，」我若無其事地說：「就是那個作家。蓋洛威先生認識他們。」

「他們的名聲差到不行，」我的叔叔說：「我不准你跟他們來往。」

「為什麼不行？」我問。

「我沒有要跟你說原因。不准就對了。」

「你是怎麼認識他們的？」嬸嬸問。

「我當時在騎車，他們剛好也在那裡騎車，就問我要不要一塊騎。」我略為更動了實情。

「我看這些人就強人所難。」叔叔說。

我開始生起悶氣。為了表現我的憤怒，後來甜點上桌時，雖然是我超愛吃的覆盆莓塔，我還是一口都不吃。嬸嬸問我是否哪裡不舒服。

「沒事，」我語帶傲慢，「我很好。」

「多少吃點吧。」嬸嬸說。

「我不餓。」我回答。

「就當給嬸嬸面子吧。」

「吃不吃得下，他自己曉得。」叔叔說。

我不悅地朝他瞪了一眼。

「我可以吃一小塊。」我說。

嬸嬸切給我一大塊，而我臉上的表情，就像在強烈責任感驅使下，不得不做出自己反感的事那樣不情願。那塊覆盆莓塔十分美味。瑪麗安做的糕餅都入口即化。但嬸嬸問我能否再多吃一點，我卻冷冷地拒絕了。她也沒有堅持。叔叔做著餐後禱告時，我忿忿不平地來到客廳。

我判斷傭人應該都吃完飯後才走進廚房。艾米莉正清洗餐具房的銀製餐具，瑪麗安則正在洗碗盤。

「那個，卓菲爾夫婦有什麼不好啊？」我問她。

瑪麗安十八歲就來牧師家幫忙了。我小時候，她會幫我洗澡；我需要吃藥粉時，她會把粉混到李子果醬裡餵我吃；我上學時，她會幫我收拾書包；我生病時，她負責照顧我；我無聊時，她就讀書給我聽；我搗蛋時，她會責罵我。年輕女傭艾米莉不太可靠，瑪麗安說若把我交給她照顧，難以想像我的下場。瑪麗安在布萊克斯泰勃土生土長，這輩子沒去過倫敦，就連特坎伯里應該也頂多去過三、四次。她從來沒生過病，也沒放過假，年薪是十二英鎊。每週有一天晚上，她會到鎮上探望母親，她母親專門幫牧師家洗衣服。週日晚上，她都到教堂做禮拜。瑪麗安對布萊克斯泰勃的一切瞭若指掌，認識鎮上每個人、誰跟誰結婚、誰的父親死於哪個疾病、誰生了幾個孩子、孩子叫什麼名字，她統統曉得。

瑪麗安聽了我的問題，便把一塊濕抹布啪地一聲丟進水槽。

「真不能怪你叔叔，」她說：「要是你是我的侄子，我也不會讓你跟他們來往。沒想到他們居然邀你去騎腳踏車！有些人什麼事都幹得出來。」

看樣子有人把飯廳的對話說給瑪麗安聽了。

「我又不是小孩子了。」我說。

「那更惡劣。居然**矮**敢來這裡，真不要臉！」瑪麗安常隨興漏掉「ㄏ」這個送氣音，「租了間房子，還假裝很有教養的模樣。喂，你手別去碰那個塔喔。」

覆盆莓塔擺在廚房桌子上，我剛用手指掰一小塊塔皮送進嘴巴。

「那是我們晚餐要吃的。你要是想多吃一塊，為什麼剛才吃飯時不要呢？泰德．卓菲爾做什麼都缺乏定性。他明明受過良好的教育，真是替他母親感到難過。從他出生那天開始，就一直在找麻煩。後來還娶蘿西．甘恩。聽說他跟母親講了自己的結婚對象後，害她臥病在床三個星期，而且不理任何人。」

「卓菲爾太太在結婚前叫作蘿西．甘恩嗎？是哪家甘恩啊？」

甘恩在布萊克斯泰勃是很常見的名字。教堂墓園有很多甘恩家的墳。

「喔，你不可能認識的。她的父親是老約賽亞．甘恩，也是個放蕩不羈的傢伙。當完兵回來，就裝了一條木腿。他以前經常出去幫人刷油漆，但是常常接不到工作。他們那時也住在黑麥巷，就在我們家隔壁。我和蘿西還是主日學校的同學。」

「但她比妳年輕耶。」我仗著年紀小，話說得唐突。

「她也超過三十歲了。」

瑪麗安身子嬌小、鼻子扁塌、一口蛀牙，但面色紅潤，我想她頂多三十五歲。

「蘿西再怎麼裝模作樣，頂多就比我小個四、五歲。聽別人說，她現在打扮得花枝招展，都讓人認不出來了。」

「她真的當過酒吧服務生嗎？」我問。

「對，起初在鐵道酒館，後來又到哈瓦山姆的威爾斯親王紋章酒館。里維斯太太原本讓她在鐵道酒館當吧台服務生，可是後來搞得很難堪，她不得不把她給弄走。」

鐵道酒館是一間非常簡陋的小酒館，位於倫敦的查塔姆暨多佛火車站正對面。酒館的歡樂氣氛中，帶著一絲不祥之感。凡是在冬天夜晚經過這裡，你可以透過玻璃門看到男客人懶散地倚靠在吧台旁。我叔叔非常不認同這家酒館，多年來想方設法要讓其營業執照吊銷。酒館常客清一色是鐵路搬運工、煤礦工人和農場工人。布萊克斯泰勃的居民凡是稍有身分地位，都不屑上門光顧。每當他們想喝一杯苦酒，都寧願去熊與鑰匙或肯特公爵旅館。

「為什麼，她到底做了什麼啊？」我雙眼瞪大到快掉出來了。

「她啥沒做過？」瑪麗安說：「你叔叔要是聽見我跟你說這些事，你覺得他會說出什麼話來？只要有男人到酒館喝酒，蘿西就跟人家打情罵俏，根本不管對方是誰。她就是沒辦法專一，身邊男人一個換過一個。大家都說簡直是糟糕透頂，這要從喬治爵爺開始說起。他本來不可能去那種地方，畢竟這有違他的高貴氣質嘛。但是聽說有天他因為火車誤點，然後不知不覺就走進去了，一眼就看到她。從此以後，他三天兩頭就往那裡跑，跟其他五大三粗的男人混在一起。當然，他們都知道他去酒館的目的，也曉得他家裡還有太太跟三個孩子。唉，她太太真是可憐哪！這可引發不少閒言閒語。後來啊，事情愈鬧愈大，里維斯太太說她再也受不了了，把薪水給了她後，就叫她打包走人。沒用的垃圾早丟早好，我是這麼認為的。」

我跟喬治爵爺很熟，他的本名是喬治．肯普，但所有人向來喚他「爵爺」；說來諷刺，這個頭銜是源自於他浮誇的舉手投足。他是我們這裡的煤炭商人，同時涉足房地產，也擁有一、兩家煤船公司的股分。他住在一棟全新的磚房裡，擁有自家的院子，另有一輛雙輪輕便馬車。他的身材結實，蓄著尖尖的山羊鬍，面色紅潤、氣色絕佳，一雙藍眼無所畏懼。回想起他，我都覺得他想必像古老荷蘭畫作裡熱情歡快、容光煥發的商人。他一身行頭總是搶眼，每當看到他穿著繫著大鈕釦的淡黃外套、側戴著棕色圓頂禮帽，鈕釦孔插著一朵紅玫瑰，駕著馬車輕快地行駛在大街中央，都讓人忍不住多看兩眼。每逢週日，他習慣戴著閃閃發亮的高帽、身穿正式的長大衣上教堂。所有人都知道他想當教區代表，他那十足的幹勁想必會有用武之地，但我叔叔說只要他還是教區牧師，就絕對不會同意。雖然喬治爵爺為了表示不滿，有一整年都改去新教教堂禮拜，我叔叔還是固執己見。兩人在鎮上巧遇時，叔叔甚至把他當空氣。後來他們終究和解，喬治爵爺也重新回來做禮拜，但我叔叔只願稍微讓步，指派他擔任代表助理。仕紳認為他無比粗鄙，我也覺得他愛慕虛榮又自吹自擂。他們嫌他嗓門太大、笑聲刺耳——他在路邊與人交談時，你站在對街也能一字不漏聽到——他們還認為他的舉止令人厭惡，待人親切過頭，還有那說話時佯裝不是生意人的態度，實在太刻意。他如此隨和友善、熱心公益，年度划船賽或豐年節募款都慷慨解囊，又樂意對任何人伸出援手，但若他以為這樣可以推倒布萊克斯泰勃的高牆，那可就大錯特錯了。他費心與人為善，換來的卻是不折不扣的敵意。

我記得有次，醫生太太剛好來看我嬸嬸，艾米莉進來跟叔叔說喬治・肯普先生來訪。

「可是我聽到是前門門鈴在響耶，艾米莉。」嬸嬸說。

「是的太太，他就在前門。」

剎時間氣氛一陣尷尬。大夥都不曉得該如何應付這類反常的事，就連平時知道誰該走前門、誰該走側門、誰該走後門的艾米莉，當下都顯得有些慌張。生性溫和的嬸嬸在我看來真的難堪不已，沒料到竟有人如此妄自尊大。但醫生太太卻輕蔑地哼了一聲。最後是我叔叔先表現得鎮定。

「艾米莉，先帶他到書房，」他說：「我喝完茶就過去。」

但喬治爵爺仍舊熱情奔放、浮誇，還拉開嗓門嚷嚷。他說，這個鎮根本死氣沉沉，自己要把它給叫醒。他還要叫鐵路公司經營觀光列車，說這裡明明有潛力成為像馬蓋特一樣的度假勝地。而且他們為何沒有市長呢？佛恩灣就有一位市長。

「我看是他覺得自己理應當市長吧，」布萊克斯泰勃居民噘著嘴，「驕者必敗。」

我叔叔說過，你可以把馬帶到水邊，但不可能逼著馬喝水。

我得特別聲明，自己也跟其他人一樣會奚落喬治爵爺。只要他在街上攔我下來、直呼我的名字又跟我說話，好像我們擁有同樣的社會地位，我都會惱怒不已。他甚至敢提議要我跟他幾個兒子打板球。我和他們雖然年齡相仿，但他們就讀哈瓦山姆的文法學校，我當然不可能跟他們扯上任何關係。

聽了瑪麗安說的這些事，我既震驚又興奮，但實在很難相信。當時我讀過眾多小說，也在學校獲得大量知識，自認對愛情的理解甚深。但我以為只有年輕人才會有愛情。我無法想像有男人下巴蓄著鬍子、兒子都跟我同樣年紀，居然還有戀愛的感覺。我以為只要結了婚，所謂的戀愛就結束了。三十多歲還談戀愛，在我看來有夠噁心。

「妳的意思該不會是他們做了什麼吧？」我問瑪麗安。

「根據我聽到的消息，蘿西．甘恩幾乎什麼都幹得出來。而且勾搭的對象還不只喬治爵爺一個人咧。」

「不過很奇怪，她為什麼沒有生小孩呢？」

在我讀過的小說裡，凡是美嬌娘沉淪到犯下愚行，就會生個孩子。這背後的原因總是描述得百般謹慎，有時只用一排星號來暗示，但也不會改變結果。

「我看那是算她走運，不是預防得好。」瑪麗安語畢，緩和了一下情緒，放下手邊擦了半天的盤子。「看樣子，你這孩子好像知道了很多不應該知道的事情喔。」她說。

「我當然知道啊。」我煞有介事地說：「夠了沒，我現在應該也算是大人了吧？」

「反正我只能告訴你，」瑪麗安說：「里維斯太太叫她走人的時候，喬治爵爺還幫她在哈瓦山姆威爾斯親王紋章酒館找到工作，三天兩頭就駕著馬車往那裡跑。總不會跟我說那裡的啤酒別有一番風味吧。」

「那泰德・卓菲爾為什麼要娶她啊?」我問道。

「我哪知道?」瑪麗安說:「他是在紋章酒館見到她的。我猜大概他是找不到願意嫁他的人吧。端莊的女孩子哪會要他。」

「那他知道蘿西的事嗎?」

「你最好自己去問他。」

我沉默了下來,這一切太難懂了。

「她現在看起來怎麼樣?」瑪麗安問道,「打從她結婚後,我就再也沒見過她了。聽了她在鐵道酒館的那段過去後,我連話也沒跟她說過半句。」

「看起來不錯啊。」我說。

「是喔,那你問問她記不記得我,看看她怎麼說。」

6

我其實早就下定決心，隔天早上要跟卓菲爾夫婦騎車去兜風。但我知道，徵詢叔叔的同意只是白費工夫。若被他發現我跟他們來往而吵了起來，那也沒辦法。而假如泰德．卓菲爾問我有無得到叔叔的同意，我也準備好直接說有。但搞半天，我終究沒必要撒謊。那天下午正逢漲潮，我往海邊走去、想游個泳，而叔叔正好要去鎮上辦事，就陪我走一段路。我們經過熊與鑰匙旅館時，泰德．卓菲爾正好走了出來，抬頭一看到我們，就直接走到我叔叔面前。他的淡定著實嚇了我一跳。

「午安啊，牧師，」他說：「不知道你還記不記得我？我小時候參加過唱詩班，我是泰德．卓菲爾。我爸是沃夫小姐的莊園管家。」

我叔叔生性膽怯，此時大吃一驚。

「噢對，你好你好。先前聽說令尊過世了，節哀順變。」

「我剛認識你的小侄子。我在想，明天能不能讓他跟我一起去兜兜風？他一個人騎腳踏車太無聊了，我打算騎去佛恩教堂做個拓印。」

「你真是太客氣了，可是……」

叔叔正要開口拒絕，卻被卓菲爾打斷了。

「我一定會看好他，不會讓他搗蛋。他可能也會想自己試試看拓印，做起來應該會很有趣。我會幫他準備紙和蠟，這樣他就不會花到錢囉。」

我叔叔的心思不太連貫，一聽到泰德．卓菲爾提議要幫我買紙和蠟，就氣到完全忘記本來不想讓我去了。

「他自己就可以買紙和蠟了，」他說：「他有得是零用錢，把錢花來買這些東西，總好過買糖果吃了生病。」

「這樣的話，如果他去海沃德文具店，就說要買跟我一樣的紙和蠟，店員就會知道了。」

「那我現在就去買。」我說完便迅速穿越馬路，以免叔叔改變心意。

7

除了單純宅心仁厚，我實在想不到卓菲爾夫婦為何要替我費心。我小時候是個悶葫蘆，不太愛說話，若要說我逗了泰德．卓菲爾開心，想必也是無心插柳吧。也許，我那自恃的優越感令他莞爾。我感覺自己是抱持高高在上的態度，才跟沃夫小姐管家的兒子打交道，他就是我叔叔口中的「窮文人」。有次向他借一本書，語氣也許帶著一絲自傲，他只回說我不會有感興趣，我也就姑且相信而沒有堅持。叔叔自從同意我與卓菲爾夫婦騎車出去後，就再也沒有反對我與他們來往。有時我們一起揚帆出海，有時我們前往風光旖旎的景點，卓菲爾會順便畫點水彩畫。不知道是當時英國氣候比較好，還是單純屬於年少的錯覺，但我依稀記得，那年夏天，陽光燦爛的日子不曾間斷。我開始對這個山丘連綿、富饒優美的鄉間產生莫名的好感。我們騎了好遠，到一座又一座教堂內摹拓紀念碑，有些刻著全副武裝的騎士，有些是穿著鯨骨裙撐的夫人。泰德．卓菲爾對這項純真的嗜好充滿熱情，我也受到感染而興致高昂地拓印起來。我得意地向叔叔展示自己辛勞的成果，我猜他大概認為無論我的同伴是誰，只要是在教堂裡的活動，應該就不會有害。我們忙著拓印時，卓菲爾太太都待在教堂院子裡，既不看書也不縫紉，單純閒逛打發時間；她似乎有辦法一直無所事事，卻不會感到無聊。有時，我也會到外頭陪她在草地上坐著，我們聊著我的學校、學校裡的朋友、老師、布萊克斯泰勃的居民，漫無主題地談天說地。她管我叫「艾森登先生」，聽來真是順耳。她大概是頭一個這樣稱呼我的人，讓我覺得自己是大人了。我以前痛恨別人叫我「威利少爺」，無論誰叫這個名字都可笑至極。老實說，我討厭自己的所有名字，花了很多時間思考更適合的名字。我更喜歡羅德里克．雷文斯沃思，還在一張張紙上練習搭配這名字的瀟灑簽名。我覺得盧多維克．蒙哥馬利也不錯。

我忘不了瑪麗安說的那些關於卓菲爾太太的過往。雖然理論上我知道人們結婚後會做什麼，也能直言不諱地說出事實，但其實我並非真的理解。我覺得這件事有夠噁心，實在不太能相信是真的。就像我雖理解地球是圓的，但認知上卻是平的。卓菲爾太太看似如此坦率，笑聲開朗又純真，舉止朝氣十足又保有童心，我真的無法想像她跟船員「鬼混」，更何況是喬治爵爺這種惡劣低俗的傢伙。她絲毫不像我在小說中讀到的壞女人。當然，我很清楚她不是「體面文雅」的淑女，說話帶有布萊克斯泰勃的腔調，三不五時漏掉「ㄏ」這個音，偶爾她講話的語法也讓我吃驚，但我依然禁不住喜歡她。我思考後的結論是，瑪麗安說的那些根本是胡說八道。

有一天，我恰巧跟她提到瑪麗安是我們家的廚師。

「她說自己以前就住在黑麥巷，是妳的鄰居。」我還加上這句，一心想聽到卓菲爾太太說自己根本沒聽過這個人。

但她露出笑容，一對藍眼眸熠熠閃爍。

「對啊。她以前經常帶我去主日學校，工作可稀奇了，就是負責要我安靜。我聽說她到牧師家幫忙了，真想不到她還在那裡工作！我們已經好多年沒見了，很想再見見她、敘敘舊。麻煩代我向她問好，好嗎？順便跟她說如果晚上有空可以來找我。我會泡茶請她喝。」

這番話讓我嚇傻了眼。畢竟卓菲爾夫婦現在仍租房子，最近才在說想要買下來，而且家中還有一個「雜工」。他們請瑪麗安來喝茶根本不成體統，還會害我裡外不是人。他們似乎不懂人情世故的分寸，而且動輒談起自己的種種往事，我都不敢相信他們居然敢提，每每覺得好不自在。我並不覺得過去生活周遭的人矯情，即在財富或排場上硬要面子，但回想起來才發現，他們的生活確實非常做作，成天戴著光鮮亮麗的假面具。你不會看到他們穿短袖或腳蹺桌上。貴婦名媛都穿著禮服，直到下午才會露面。她們私底下其實過得撙節，因此你不能隨意拜訪吃頓便飯，但每當她們招待客人，桌上卻擺得出豐盛佳餚。即使家中遭逢不幸，他們依然昂首挺胸，裝作若無其事。兒子娶了女演員，他們便絕口不提；雖然鄰居都說這樁婚事丟人現眼，但凡是在相關人等面前，他們就大費周章地連戲院都不提。我們都曉得買下三尖頂山莊的葛林克特少校夫人有商貿背景，但無論是她或少校，都對這個有損名譽的祕密三緘其口。雖然我們在背後嗤之以鼻，當著他們的面，卻客氣到連陶瓷都不願意提及（即葛林克特夫人優渥收入的來源）。而父母憤怒到跟兒子斷絕關係，或告訴女兒（像我母親一樣嫁給律師）不准再踏進家門一步，依然時有所聞。我似乎早已對這一切習慣成自然。令我無比震驚的是，泰德．卓菲爾提起自己曾在霍本一家餐館當過侍者時，語氣居然如此稀鬆平常。我知道他曾離家出走到海上漂泊；我在書中讀過，男孩經常有此天真爛漫的舉動，經歷眾多驚心動魄的冒險，最後娶了家財萬貫的伯爵女兒。但泰德．卓菲爾曾在梅德斯通駕駛過出租馬車，也在伯明罕一間售票處當過票務專員。有次我們騎車經過鐵道酒館時，卓菲爾太太隨口說自己在那工作過三年，彷彿任何人來做都無傷大雅。

「那是我的第一份工作，」她說：「之後，我換到哈瓦山姆的紋章酒館工作，一直到要結婚前才離開那裡。」

她笑了出來，彷彿這段回憶令她開心不已。我不知道該說什麼，也不知道該看哪裡，臉頰紅得發燙。還有一次，我們騎車晃了好久，回程經過佛恩灣時，熱得口乾舌燥，卓菲爾太太提議到海豚酒吧喝杯啤酒。她開始跟吧台後面的女孩聊天，聽到她說自己也在這一行做過五年，我內心驚駭不已。後來店主也過來打招呼，泰德．卓菲爾請他喝了一杯，卓菲爾太太也說要請女服務生喝一杯波特酒，接著大夥都熱切地聊起了生意與特約酒館，還有不斷上漲的物價。此時我呆站在那裡，渾身忽熱忽冷，不知如何是好。我們走出酒吧時，卓菲爾太太說：

「泰德，我很喜歡那個小女生耶。她應該過得很不錯。剛才我跟她說，生活辛苦歸辛苦，但也很快樂。一般來說的確可以見見世面，如果打出一手好牌，應該會嫁到好人家。我還看到她戴著訂婚戒指，但她說那只是戴好玩的，這樣那些人才有機會鬧她。」

卓菲爾笑了笑，他太太轉頭面對我。

「我還是酒吧服務生的時候，每天過得開開心心，不過當然啦，任誰都不可能一直這樣下去。總得為自己的將來打算一下。」

但前頭有更大的衝擊在等著我。九月已過了一半，假期即將結束。我滿腦子都在想卓菲爾夫婦的事，但每當想在家裡提起他們，都被叔叔給潑了冷水。

「我們不希望整天都被迫聽你朋友的事，」他說：「明明還有更適合聊天的話題。話說回來，既然泰德．卓菲爾出生在這個教區，又幾乎天天跟你見面，偶爾來做個禮拜也不為過吧？」

有天，我便對卓菲爾說：「我叔叔希望你們來教堂。」

「好唷，下星期天晚上我們就一起上教堂吧，蘿西。」

「我都好。」她說。

我跟瑪麗安說他們決定來教堂了。我坐在鄉紳席後排的牧師家人席，不可以四處張望，但從走道另一邊鄰居的舉止，便發覺他們就在那裡。隔天一有機會，我就問瑪麗安有沒有看到他們。

「看到了。」瑪麗安沒好氣地說。

「妳後來有沒有跟她說話？」

「我？」她突然間怒氣沖沖地說道：「你給我滾出我的廚房。幹麼成天就會來煩我啊？老是在這裡礙手礙腳，我是要怎麼做家事啊？」

「好吧，」我說：「妳不要發脾氣。」

「我不懂你叔叔在想什麼，幹麼讓你跟他們到處鬼混，那些人就像是她帽上的花，真納悶她怎麼還有臉見人。走開走開，我在忙。」

我不明白瑪麗安為何氣成這樣。我沒有再提起卓菲爾太太。但兩、三天後，我碰巧想到廚房去拿東西。叔叔家有兩間廚房，小廚房用來煮飯，至於大廚房，我猜當初擴建是因為鄉間牧師曾是大戶人家，那裡要用來準備晚宴款待鄰里仕紳。如今瑪麗安忙完當天工作後，都會坐在那裡縫縫補補。我們八點吃冷食，所以喝完茶後她就無事可做了。當時接近七點，天色漸漸暗了下來。當晚輪到艾米莉外出，我心想瑪麗安是獨自一人，但我在走廊上，卻聽到了交談聲與笑聲。我猜應該是有人來探望瑪麗安。廚房燈亮著，但上頭有綠色厚燈罩，室內顯得相當昏暗。我看見桌上擺了茶壺和茶杯，瑪麗安似乎正在跟友人喝晚茶。我打開廚房門時，交談聲戛然而止，接著我聽到熟悉的聲音。

「晚安呀。」

我愣了一下，這才看到瑪麗安的友人是卓菲爾太太。瑪麗安見我訝異的表情，不禁啞然失笑。

「蘿西．甘恩來找我喝茶。」她說。

「我們聊了好多以前的事情喔。」

瑪麗安對我發現此事略顯尷尬，但我比她尷尬多了。卓菲爾太太對我露出孩子氣的調皮微笑，她完完全全從容不迫。不知為何，我注意到她的禮服，大概因為以前沒見過她如此隆重打扮：衣料淡藍、腰身很緊、袖子頗高，搭配下襬有荷葉邊的長裙，頭戴一頂黑色大草帽，飾有大量玫瑰、綠葉與蝴蝶結。很顯然，這是她週日上教堂戴的帽子。

「我就想，要是再等瑪麗安自己來找我，恐怕就得等到世界末日了，所以倒不如我親自來探望她。」

瑪麗安不自在地咧嘴笑著，但並沒有露出不悅的神情。我跟她要了原本來拿的東西，便盡可能快點離開兩人。我走到外頭花園裡，漫無目的地閒晃著，接著朝著馬路走去，望向大門另一頭。夜幕已然降臨，不一會我看到一名男子散步過來。我沒有特別注意他，但他來來回回經過大門，看起來在等人。起初，我心想可能是泰德．卓菲爾，正準備走出門時，男子停下來點起菸斗，我這才發現是喬治爵爺，正納悶他為何待在門口，瞬間驚覺他在等卓菲爾太太。我的心跳劇烈，儘管當下已在暗處，還是退回樹叢陰影裡頭。等了幾分鐘，我看到側門開了，是瑪麗安送卓菲爾太太出來。我聽到她踏在碎石路上的腳步聲。她來到大門前，隨即打開了門，大門發出「咔」的聲響。喬治爵爺一聽到開門聲就穿越馬路，在她還沒來得及出來時就溜進大門內，一下子把她抱個滿懷，然後緊緊地擁著她。她輕聲笑了笑。

「小心我的帽子啦。」她悄聲說。

我距離兩人不過三英尺，深怕他們會注意到我。我真替他們感到羞恥，激動得渾身顫抖。他把她抱在懷中好一會。

「就在花園裡怎麼樣？」他依然悄聲說著。

「不要啦，那個孩子在。我們去外面吧。」

喬治爵爺摟著她的腰，兩人從大門走了出去，消失在夜色之中。此時，我感覺到心猛撞胸口，快要喘不過氣了。剛才的一切我看得目瞪口呆，我根本無法理性思考。假如能夠說出去，叫我犧牲什麼都行，但這是我必須守住的祕密。保密的重要令我興奮不已，慢慢地走回屋中，再從側門進去。瑪麗安聽到開門聲，便叫住了我。

「是威利少爺嗎？」

「對啊。」

我朝廚房探頭一看，瑪麗安正把晚餐放在托盤上，準備端進飯廳。

「我不會跟你叔叔說蘿西・甘恩來過。」她說。

「喔，當然不要。」

「我真的太驚訝了，聽到側門有人敲門，一開門就看到蘿西站在那裡，我差點當場跌倒。她說了聲『瑪麗安』，我還沒搞清楚她來幹麼，她就朝著我的臉親了好幾下。我實在沒辦法，只好請她進來坐坐。她既然都進來了，也只好請她喝杯好茶。」

瑪麗安急著幫自己找藉口，畢竟先前才大講卓菲爾夫人的壞話，卻被我發現兩人坐在那裡有說有笑。但我不想乘機耀武揚威。

「她也沒那麼壞嘛，對不對？」我說。

瑪麗安露出了微笑，儘管有一口黑黑的蛀牙，笑容卻不失甜美動人。

「我也說不上來啦，但她就有種特質，讓你無法不喜歡她。她在這裡待了將近一個鐘頭。說句公道話，她一點都沒有擺出高姿態。她親口告訴我，身上那件禮服的料子每碼要十三鎊十一先令，我還真相信了。她的記性好得很，像是記得小時候我幫她梳頭髮、喝茶前叫她把小手洗乾淨。而且有時候，她媽媽會送她來跟我們喝下午茶。

那時候她漂亮到像是從畫中走出來一樣。」

瑪麗安回憶著往事，那張滑稽又皺紋滿布的臉龐漸露傷感。

「欸，好吧，」她停頓半晌，「我敢說，真要老實說起來，她其實沒比其他人壞到哪裡去。她比大部分人受到的誘惑都多。我也敢說，一大堆對她指指點點的人，要是遇上這類誘惑，絕對不會比她好到哪裡去。」

8

天氣突然轉壞，寒意襲來，接著下起大雨，我們只得結束當天出遊。我並不覺得可惜，畢竟看見卓菲爾太太和喬治．肯普私會，我實在不曉得如何正眼瞧她。說訝異還太委婉，我簡直驚嚇不已，不明白她為何喜歡被年紀一大把的男子親吻，接著腦海滿是讀過小說的內容，還閃過異想天開的念頭：喬治爵爺不知為何握有卓菲爾太太的祕密，所以把她吃得死死的，逼她再討厭都得接受自己的擁抱。我任憑想像馳騁，浮現各種可怕情景，諸如重婚、謀殺和偽造等罪行。書中惡霸往往揚言揭露這類罪行，藉此逼著可憐的女人就範。說不定卓菲爾太太簽字當保人——我不太明白這話的意思，只知道會釀成大禍。我幻想著她的痛苦（無數漫漫長夜，失眠的她穿著睡衣、長髮及膝，坐在窗邊絕望地等待黎明到來），也想像著自己（不是每週零用錢僅有六便士的十五歲少年，而是身材高䠷的男子，蓄著上蠟的八字鬍，無可挑剔的晚禮服底下是結實的肌肉）英勇又靈敏地把她從壞蛋的勒索中拯救出來。話說回來，她看起來並非勉強屈服於喬治爵爺的逗弄，她當時的笑聲也仍在我的耳邊揮之不去，裡頭有著我沒聽過的音調，令我莫名呼吸急促起來。

剩下的假期中，我只見過卓菲爾夫婦一次，還是在鎮上巧遇。他們停下腳步跟我說話。我忽然又難為情起來，瞧著卓菲爾太太時，不禁尷尬地漲紅了臉，因為她的神情絲毫看不出有任何罪惡的祕密。她用一對柔和的藍眼眸看著我，流露出孩子般的淘氣眼神。她常常微張著嘴，感覺即將揚起笑容，雙唇紅潤飽滿。她一臉誠實無辜、天真坦率，雖然當時我描述不出來，卻強烈感受到這點。若我真能用言語表達，應該會說：她看起來老實得不得了，不可能跟喬治爵爺「私通」，其中必有緣故，我實在不信自己親眼所見。

後來，我開學的日子到了。車夫先幫我運走行李箱，我獨自走到車站，不願讓嬸嬸送我，認為獨自前往更顯男子氣概。但我走在街上時，心情卻頗為低落。那是條通往特坎伯里的小支線，車站在鎮上另一頭，旁邊就是海灘。我買好車票，在三等車廂的角落坐了下來，忽然聽到有人說：「他在那裡。」卓菲爾夫婦開心地跑上前來。

「我們想說一定要來幫你送行。」她說：「你很難過嗎？」

「不會啊，當然不難過。」

「喔，那好吧。時間過很快，到時候你回來過聖誕節，我們會有很多時間出去玩。你會溜冰嗎？」

「不會。」

「我會喔，到時候教你。」

她的熱情讓我精神一振，加上想到他們趕到車站向我道別，更讓我不禁哽咽起來。我努力壓抑情緒，以免顯露在臉上。

「我這學期會花很多時間踢球，」我說：「我應該進得了校隊乙組。」

她看著我，眼神親切又明亮，豐潤的雙唇揚起微笑。我很喜歡她微笑的感覺，她的聲音好像在顫抖，彷彿將笑出聲或掉下淚。有一瞬間，我深怕她要親我，嚇得魂不附體。她繼續說著話，口吻略為輕浮，像大人對男學生那般不正經，而卓菲爾先生站在旁邊，一語不發，眼帶笑意看著我，撫了撫鬍子。接著，站務人員吹響刺耳的哨聲、揮舞一面紅旗子。卓菲爾太太抓起我的手握了握，卓菲爾先生走上前來。

「再見囉，」他說：「這個給你。」

他把一個小紙袋塞到我手中。火車冒著蒸氣發動了，我打開紙袋時，發現裡頭是兩個半克朗銀幣，外頭裹著一張衛生紙。我瞬間滿臉通紅，雖然高興自己多了五先令，但一想到泰德·卓菲爾竟敢對我略施小惠，就感到氣憤又備受羞辱。我絕不能接受他送的東西。的確，我們一起騎過腳踏車、揚帆乘船，但他又不是「薩希博」（這是我聽葛林克特少校說過的尊稱，意思是先生），施捨五先令毋寧是在侮辱我。起初，我一心只想還錢，打算用沉默傳達自己對他失禮的憤怒。後來，我在腦海中擬好一封信，措詞嚴正又冷漠，其中感謝他慷慨解囊，但也請他理解堂堂紳士萬不可向素昧平生的人拿錢。我左思右想了兩、三天，發覺愈來愈難就此歸還兩個銀幣。我敢肯定，卓菲爾單純一片好意，當然此舉很不恰當，有違人情世故。可是，我又實在無法把錢寄回去讓他傷心。最後，我還是把錢花掉了，但沒有寫信向卓菲爾道謝，藉此撫慰我受傷的自尊。

然而聖誕節來臨時，我回到布萊克斯泰勃度假，最迫不及待想見的仍是卓菲爾夫婦。在那一切都停滯的小地方，似乎只有這對夫婦與外頭世界有所聯繫，而這讓我也做起許多白日夢，好奇心蠢蠢欲動。可是我還是克服不了羞怯，不敢到他們家拜訪，只盼望能在鎮上遇到。但當時天氣惡劣，街上狂風呼嘯而過、冷冽刺骨。少數出來辦事的婦人穿著長裙，被疾風吹得左搖右晃，宛如狂風中的漁船。驟來的強風颳著冷雨，黑壓壓的天空陰沉地籠罩大地，不若夏天那般暖和舒適地懷抱這片宜人鄉間。

看樣子偶遇卓菲爾夫婦的希望渺茫。我終究鼓起了勇氣，某天用完午茶就溜了出去。從家中走到車站那段路黑漆漆，但到了車站就有少數昏暗的路燈，我才能較為輕鬆地走在人行道上。卓菲爾夫婦住在一條小路上兩層樓房裡，外觀是暗黃磚色，有扇弓形窗戶。我敲了敲門，不久一名小女傭開了門。我問卓菲爾太太是否在家，她面帶疑惑地看了我一眼，說她去裡頭看一下，便留我一人站在走廊。我已聽到隔壁房間裡的交談聲，但女傭開門走進，又隨手把門關上後，聲音便戛然而止。我感到一絲神祕的氣息。若是在我叔叔的朋友家，即使沒有爐火而得點煤氣燈，他們也會領客人到客廳。但此時門打開了，卓菲爾先生走了出來，走廊只有一點亮光，起初他看不清是誰，但一下子就認出是我。

「喔，原來是你。我們還在想什麼時候才會見到你呢。」然後他便大聲吆喝，「蘿西，是小艾森登來了！」

裡頭傳來一聲驚呼，卓菲爾太太立即來到走廊上，馬上抓起我的手握著。

「進來進來！外套脫掉。天氣很糟糕吧？你一定快冷死了。」

她幫我脫下外套和圍巾，從我手裡搶走帽子，把我帶進屋裡。房間內十分悶熱，空間很小卻擺滿家具，爐火還在燃燒。他們還有煤氣燈，當牧師的叔叔家裡反而沒有：三盞燈在毛玻璃球罩內，把屋裡照得亮晃晃。空氣瀰漫著菸草味的灰霧。起初，我因為受到熱切歡迎，感到不知所措又驚慌不已，沒有看清楚進屋時站起來的兩名男子。定睛一看，才發覺是助理牧師蓋洛威先生和喬治．肯普大人。我料想助理牧師握著我的手時，想必侷促不安。

「最近好嗎？我剛好來把一些書還給卓菲爾先生，卓菲爾太太非常客氣，要我留下來喝茶。」

我沒看到卓菲爾對他投以揶揄的目光，卻能感受得到。他接著說了一段有關「不義的財富」的話，我知道這是引述自《聖經》，但不懂箇中意涵。蓋洛威先生笑出聲。

「這可難說，」他說：「那貪官和罪人[19]呢？」

我覺得這番話實在很沒品，但隨之喬治爵爺硬是找我攀談，他倒是絲毫不顯侷促。

---

19 此處典出聖經《馬太福音》(11:19)：「我沒有禁戒食物，你們就說我是貪吃好酒之徒，整天跟貪官和罪人為伍；然而智慧人的行動，會證實自己是智慧的。」前文「不義的財富」典出《路加福音》(16:9)：「要藉著那不義的財富為自己結交朋友，這樣當財富無用的時候，你們會被接到永恆的居所裡。」

「哎喲，年輕人，回家過節嗎？我的天哪，你真的長大了耶。」

我冷淡地跟他握了握手，後悔自己貿然前來。

「我幫你倒杯濃茶吧。」卓菲爾太太說。

「我已經用過茶了。」

「再喝一點嘛。」喬治爵爺說，語氣彷彿他才是主人（他就是這個德性），「你現在是大塊頭了，絕對可以再吃塊塗了奶油和果醬的麵包，卓太太會用她那雙玉手幫你切唷。」

茶具還在桌子上，他們圍在桌旁坐著。有人幫我搬來一張椅子，卓菲爾太太遞給我一塊蛋糕。

「我們在慫恿泰德唱首歌給我們聽，」喬治爵爺說：「唱嘛，泰德。」

「泰德，你就唱〈始終愛著阿兵哥〉[20]吧，」卓菲爾太太說：「我最愛那首。」

「不要啦，唱〈我們用他來拖地〉[21]。」

「小心我兩首都唱喔。」卓菲爾先生說。

他拿起擱在立式小鋼琴上頭的斑鳩琴，調好了音便開始唱歌，嗓子屬於渾厚的男中音。我很習慣聽人唱歌。每當叔叔家舉辦茶會，或我去少校、醫生家裡參加茶會，客人總是隨身攜帶樂譜，但都會把樂譜留在走廊，以免旁人覺得自己想受邀演奏或唱歌；但喝完茶後，女主人都會問他們是否帶來樂譜，他們才不好意思地坦承有帶。若在叔叔家，就是我被叫去拿樂譜。有時，某位年輕小姐會說自己早就沒在練了，身上也沒有帶任何樂譜，她母親就會插嘴說她自己帶來了。但她們開口唱歌時，卻不是喜劇風格的歌曲，反而是〈為你唱首阿拉伯之歌〉[22]、〈晚安吾愛〉[23]或〈我心女神〉[24]。某次在活動中心的年度音樂會上，史密斯森唱了一首搞笑歌曲，儘管後排觀眾莫不熱烈鼓掌，那些上流鄉紳卻看不出其中好笑之處。也許真的不大好笑。無論

---

20 〈始終愛著阿兵哥〉〈All Through Stickin' to a Soljer〉，由英國作曲家哈瑞・溫科特（Harry Wincott，1867-1947）編曲。

21 〈我們用他來拖地〉（First We Mopped the Floor with Him），由愛爾蘭政治家華特・孟洛（Walter Monroe）編曲。

22 〈為你唱首阿拉伯之歌〉（I'll Sing Thee Songs of Araby），英國作曲家佛德里克・克雷（Frederic Clay）編曲。

23 〈晚安吾愛〉（Good-Night, Beloved），由義大利作曲家西羅・平蘇悌（Ciro Pinsuti）編曲。

24 〈我心女神〉（Queen of My Heart），英國早期音樂劇《桃樂西》（Dorothy）其中一首曲目，作曲家為阿佛烈・塞利爾（Alfred Cellier）。

如何，下一場音樂會舉辦前，旁人叮嚀他選歌得更加謹慎（「記住還有女士在場，史密斯森先生」），所以他演唱了〈尼爾森之死〉[25]。下一首由卓菲爾演唱的小曲有段副歌，助理牧師和喬治爵爺興高采烈地合唱。後來我反覆聽了好多次，但現在只記得四行歌詞：

我們用他拖地板，
拖著上樓又下樓，
把他甩得滿屋轉，
丟到桌下過椅摔。

歌曲結束後，我拿出彬彬有禮的態度，轉頭問卓菲爾太太：

「妳都不唱歌嗎？」

「我唱啊，但是會倒人胃口，所以泰德都不鼓勵我唱。」

卓菲爾放下斑鳩琴，點燃菸斗。

「欸，那本書寫得怎麼樣了，泰德？」喬治爵爺熱切地說。

「還行啊。我正在努力寫。」

「泰德就是愛寫書，」喬治爵爺笑著說：「你為什麼不換個口味，安安穩穩做點有頭有臉的工作呢？我很樂意找你來我的辦公室工作喔。」

「喔，我現在這樣很好。」

「隨他去吧，喬治，」卓菲爾太太說：「他喜歡寫作，我的意思是，只要他開心，有什麼不可以呢？」

「我的確對書沒什麼了解啦。」喬治．肯普說。

「那就別聊書了嘛。」卓菲爾微笑著插話。

「我認為不管誰寫了《菲爾海文》都不必覺得丟臉啊，」蓋洛威說：「我才不管書評家的看法。」

「欸，泰德，我們從小就認識了，但就連我，也是怎麼都看不下去。」

「好了啦，別又開始聊書，」卓菲爾太太說：「再唱一首歌來聽聽吧，泰德。」

「我得走了。」助理牧師開口，接著轉頭對我說：「我看我們一起走吧。卓菲爾，

---

25 〈尼爾森之死〉（The Death of Nelson），由英國作曲家山繆爾．韋伯（Samuel Webb）編曲。

你還有什麼書可以借我讀嗎？」

卓菲爾指著角落桌子上堆的一疊新書。

「隨你挑。」

「天哪，太多了吧！」我貪心地看著那疊書。

「都是沒營養的垃圾，寄來請我寫書評的。」

「你打算怎麼處理呢？」

「帶到特坎伯里去啊，賣多少算多少，賺的錢拿來買肉。」

我與助理牧師離開時，他腋下夾了三、四本書，隨即問我：「你有沒有跟你叔叔說要來找卓菲爾他們夫妻倆呀？」

「沒有，我只是剛好出來散步，突然想到可以順便來打聲招呼。」

這當然與事實有出入，但我不想告訴蓋洛威先生——雖然我差不多算是大人了，叔叔卻根本沒意識到此事，依然能想辦法阻止我見他排斥的人。

「要是我的話，除非萬不得已，否則一個字都不會提。卓菲爾夫妻倆人很不錯，偏偏你叔叔對他們滿感冒的。」

「我知道，」我說：「根本莫名其妙。」

「當然啦，他們也就是普通老百姓，但是他的文筆不差。你只要想想他的出身，光是能寫作就太不可思議了。」

我很高興自己釐清了當下的狀況。蓋洛威先生並不希望我叔叔知道他與卓菲爾夫婦是朋友。我十分篤定，無論如何他絕對不會出賣我。

想起當初我叔叔的助理牧師說起卓菲爾，那副高高在上的態度實在令人發噱，畢竟卓菲爾早已是世人公認維多利亞時代後期最偉大的小說家。不過以前在布萊克斯泰勃，居民只要提起他，通常都是這種態度。某天，我們到葛林克特太太家喝茶，她正好與表姊同住。這位表姊是牛津大學教授夫人，聽說極有文化修養。她是恩克姆夫人，身材矮小，滿臉皺紋但神情熱切。令我們極為吃驚的是，她留著白色短髮、身穿黑嗶嘰裙，裙襬剛好垂到方頭靴上方。這可是在布萊克斯泰勃首次見到新女性。我們慌了手腳，馬上大起戒心，因為她看起來就是知識分子，這讓我們無地自容。（事後我們卻奚落起人家——叔叔對嬸嬸說：「唉，幸虧老婆妳不太聰明，至少我不用活受罪。」嬸嬸一時起了玩心，把叔叔放在爐火旁烘烤的拖鞋，拿來套在自己靴子上說：「看到沒，我是新女性了。」我們接著說：「葛林克特太太真好笑，誰都猜不到她會做些什麼事。不過當然啦，她的身分也不太『那個』。」我們都忘不了她父親是陶瓷工匠，祖父以前則在工廠當黑手。）

但我們都覺得，聽恩克姆夫人談論她熟識的人很有意思。我叔叔曾在牛津大學讀書，但他提到的人似乎都過世了。恩克姆太太認識漢芙萊．沃德夫人[26]，相當欣賞她筆下的《羅伯特．艾爾斯梅爾》。我叔叔卻認為，那本書傷風敗俗，因此很詫異自稱是基督徒的格拉斯東先生[27]居然還能美言兩句。他們為此爭論不休。叔叔說，他認為這會讓社會看法莫衷一是，徒增天馬行空的念頭。恩克姆太太回答說，若他認識漢芙萊．沃德夫人，就會有不同的想法了，而且身為詩人馬修．阿諾德先生[28]的姪女，她的品格極其高尚，無論你對那本書有何見解（恩克姆夫人也樂於坦承，有些章節省略掉更好），她當初下筆肯定出於崇高的動機。恩克姆太太也認識布勞頓小姐[29]，說也奇怪，這位小說家明明家中教養極佳，卻寫出那些驚世駭俗的小說。

「我不覺得那些書有害，」醫生娘海富斯太太說：「我讀得很開心耶，尤其是《紅如玫瑰的女人》。」

「那妳會讓自己的女兒讀嗎？」恩克姆太太問。

「現在也許還太早，」海富斯太太說：「可是等到她們結婚，我就不會反對了。」

「那有件事妳可能會感興趣，」恩克姆太太說：「去年復活節我在佛羅倫斯，有人介紹薇達[30]給我認識。」

「那完全是兩碼子事，」海富斯太太回應道：「我不相信哪位淑女願意讀薇達寫的書。」

「我出於好奇讀過一本，」恩克姆太太說：「不得不說，讀起來比較像法國男人會寫的內容，沒想到作者是有教養的英國女士。」

「但是就我所知，她不是真正的英國人。我聽說她真正的名字是拉梅小姐。」

此時，蓋洛威先生提到了愛德華．卓菲爾。

「我們這裡其實也住著一位作家呀。」他說。

「我們對他不敢恭維，」少校說道：「他是沃夫小姐管家的兒子，娶了個酒吧服

---

26 漢芙萊．沃德夫人（Mrs. Humphry Ward），原名瑪麗．奧古斯塔．沃德（Mary Augusta Ward），英國小說家。

27 格拉斯東先生（William Ewart Gladstone），英國自由黨政治人物，曾任首相。

28 馬修．阿諾德（Mr. Matthew Arnold），英國近代詩人、評論家、教育家。

29 羅達．布勞頓（Rhoda Broughton），威爾斯小說家，早期以作品題材聳動聞名。

30 薇達（Ouida），英國小說家瑪麗達（Maria Louise Ramé）的化名。

務生。」

「他能寫書嗎？」恩克姆太太問。

「你一眼就看得出他不是鄉紳名流啦，」助理牧師說：「可是呢，你想想看，他一路上得克服先天不利的條件，卻還能寫出那種水準，算很了不起了。」

「他是威利的朋友。」叔叔說。

每個人都轉頭看我，令我渾身不自在。

「去年夏天，他們都一起騎腳踏車，威利開學後，我到圖書館借了一本他的書，想看看都寫些什麼，結果才讀了第一冊，就把書還回去了。我還寫了一封措詞嚴厲的信給圖書館員，幸好後來聽說他已經禁止那本書外借。假如那是我自己買的書，二話不說就會丟到廚房爐子裡。」

「我自己也翻過一本他寫的書，」醫生說：「我之所以感興趣，是因為故事場景就是這個小鎮，書中一些人物我還認得出來。但是我也說不上喜歡，覺得沒必要寫得這麼粗俗。」

「我跟他提過這件事情，」蓋洛威先生說：「他的說法是，不管是坐運煤船到新堡的船員，或是漁夫和農場工人，言行舉止本來就不像紳士淑女呀。」

「可是為什麼偏偏要去描寫那種人呢？」叔叔說。

「我也這麼覺得，」海富斯太太說：「我們都知道世界上有粗俗、邪惡又狠毒的人，但是把他們寫到書裡有什麼好。」

「我不是在幫他說話，」蓋洛威說：「只是告訴你們他自己的說法，當然啦，他把狄更斯給搬出來。」

「狄更斯才不一樣，」叔叔說：「我不覺得會有人排斥《匹克威克外傳》。」

「我想這是品味問題，」嬸嬸說：「我老是覺得狄更斯很粗俗，真不想讀到小說中那些發音不標準的人物。老實說，我很慶幸這陣子天氣很糟糕，威利沒辦法再跟卓菲爾先生出去騎車了，根本不應該跟這種人來往。」

我與蓋洛威先生雙雙低下頭來。

9

布萊克斯泰勃聖誕節氣氛不算熱鬧，我只要有空就會到公理會禮拜堂隔壁的卓菲爾家。我每次都會遇到喬治爵爺，也時常碰到蓋洛威先生。我倆有著不對外張揚此事的默契，也因此成了朋友，只要在牧師家或禮拜後在聖器室打照面，都心照不宣地瞧著對方。我們完全不提這個祕密，但很開心守著祕密；我猜想，正因為知道把叔叔要得團團轉，才讓人感到心滿意足。但有次我忽然想到，若喬治．肯普在街上巧遇叔叔，說不定會不經意提到常在卓菲爾家見到我。

「那喬治爵爺呢？」我對蓋洛威先生說。

「喔，這我已經搞定了。」

我倆竊笑起來。我開始喜歡喬治爵爺了。起初，我對他非常冷淡，正襟危坐又彬彬有禮，但他彷彿渾然沒意識到我們社會地位的差距，因此我得出的結論是：我高傲地行禮如儀，全然沒讓他認清身分。他老是充滿親和力、隨興自然，有時還會大聲吆喝，動輒用粗俗的話開我玩笑，我也像屁孩般耍嘴皮回敬，大夥都被我們給逗樂了，讓我不禁對他產生好感。他老愛吹噓內心宏偉的志向，卻毫不介意我吐嘈他華而不實的幻想。我喜歡聽他講布萊克斯泰勃時髦炫富的傢伙出糗的故事，每當他模仿那些人怪異的模樣，我都忍不住大笑。他口無遮攔又沒氣質，一身行頭總令我吃驚（我先前沒去過紐馬基特[31]，也沒見過馴馬師，但這就是我想像中紐馬基特馴馬師的扮相），他的用餐禮儀也缺乏教養，我卻發覺自己對他愈來愈不反感。他每週都會給我一本「粉紅小報」[32]，我都小心翼翼地塞在長大衣口袋帶回家，待在我的房間閱讀。

我每次去找卓菲爾夫婦前，必定先在叔叔家用完午茶，但到了那裡總能再吃一份茶點。後來，泰德．卓菲爾演唱了詼諧的歌曲，有時邊唱邊彈著斑鳩琴或鋼琴伴奏。他邊唱邊用深度近視的雙眼盯著樂譜，一開口就是一小時，嘴角揚著微笑。他很喜歡大夥合唱副歌。我們還會一起玩惠斯特[33]，這個紙牌遊戲我小時候就學會了，以前常

---

31 紐馬基特（Newmarket），英國賽馬活動的發源地。

32 粉紅小報（Pink 'Un），原名為《*The Sporting Times*》，英國昔日報導體育賽事的週報，其中又以賽馬資訊篇幅最大。

33 惠斯特（whist），當代橋牌的雛型，源自十六世紀的英國。

跟叔叔嬸嬸打牌度過漫漫冬夜。我叔叔老是當「夢家」[34]，儘管我們確實是愛玩才打牌，但我與嬸嬸只要輸了牌，就會躲到餐桌下偷哭。泰德．卓菲爾不打牌，說沒有打牌的頭腦。我們開始打牌時，他都坐在爐火旁，手裡拿著鉛筆，讀著一本倫敦寄來請他點評的書。我從沒同時跟三個人玩過惠斯特，自然不得要領，但卓菲爾太太卻有天生牌感。相較於平時慢條斯理的舉止，她打起牌變得明快又機靈，把在場其他人唬得一愣一愣。平時她本來就話少，說起話也是慢吞吞，但每打出一張牌，她都能語帶幽默地點出我的失誤，思慮清晰且能言善道。喬治爵爺跟鬧其他人一樣開她玩笑，她聽他胡鬧也只是露出微笑，因為她鮮少放聲大笑，有時還會漂亮回敬兩句。他們的舉止不像戀人，反而像熟識的朋友，我本來快忘了關於兩人的謠言和自己親眼所見，但卓菲爾太太又不時朝他瞧一眼，讓我怪不好意思。她的目光靜靜停在喬治爵爺身上，彷彿眼前這人不是男子，而是一把椅子或一張桌子，眼神則露出孩子氣的調皮笑意。此時，我注意到喬治爵爺的臉龐似乎會忽然漲紅，在椅子上坐立難安。我飛快瞄了一眼助理牧師，深怕他會注意到什麼，但他不是專心看著牌，就是在抽著菸斗。

我差不多每天都在那間悶熱又煙霧繚繞的房間內待一、兩小時，每次都覺得時間如閃電般消逝。假期快結束時，一想到接下來三個月得回到無趣的學校生活，我就備感沮喪。

「你不在，我真不知道我們該怎麼辦耶，」卓菲爾太太說：「我們只好攤牌當夢家了。」

我內心得意著自己一離開，他們的牌就打不下去了。我可不希望自己住校時，想到他們坐在小房間內玩得不亦樂乎，彷彿從來沒我這個人。

「你復活節放幾天假？」蓋洛威先生問。

「大概三個星期。」

「那我們到時要開心地玩唷，」卓菲爾太太說：「天氣應該會放晴。我們可以早上去騎腳踏車，午茶結束再玩惠斯特。你進步得很快耶。假如我們趁你回來過復活節期間，每個星期打三到四次的牌，以後不管對手是誰，你都不必怕了。」

---

34 夢家（Dummy），橋牌中，作為攻擊方的其中一個角色。另一個攻擊角色是莊家（Declarer）。

10

學期好不容易結束了。我再次走出布萊克斯泰勃火車站時，心情無比雀躍。我長高了一些，在特坎伯里訂製了一套剪裁俐落的藍嗶嘰西裝，還買了一條新領帶。我打算草草用完午茶，就去拜訪卓菲爾夫婦。我滿心盼望行李已及時寄到，好換上新西裝，這樣看起來就像成年人。我早已開始每晚在上唇塗凡士林，希望加速鬍子長出來。走在鎮上時，我朝卓菲爾居住的那條街望去，希望能看到他們，本來想進去打個招呼，但卓菲爾先生都在早上寫作，而卓菲爾太太也尚未「適合見客」。我有各式各樣令人振奮的好消息要告訴他們。我在運動會上贏得百米賽跑第一名、跨欄比賽第二名。我打算明年夏天申請歷史獎學金，還有趁假期認真讀英國歷史。當然雖然吹著東風，但天空一片湛藍，空氣瀰漫春意。大街上各種色彩都被風颳得乾乾淨淨，留下宛如全新畫筆勾勒的清晰線條，像極了山繆爾．斯科特[35]的畫作，寧靜、純真又舒適，回想起來有如此印象，但當時看起來只是布萊克斯泰勃大街罷了。我走到鐵路橋上時，注意到有兩、三棟房子正在動工。

「天哪，」我說：「喬治爵爺是來真的。」

遠方田野中，小白羊蹦蹦跳跳，榆樹剛吐綠芽。我從側門走進去，叔叔正坐在爐火邊的扶手椅上讀著《泰晤士報》。我朝嬸嬸喊了一聲，她走下樓來看到我，乾癟的雙頰泛起紅暈，張開衰老瘦小的雙臂摟起我的脖子，一開口就說進我心坎裡。

「你長大了耶！我的老天爺，很快就要長鬍子了！」

我親了一下叔叔光禿禿的額頭，隨即站在爐火前，兩腿張開、背對爐火，擺出大人那種高高在上的姿態。接著，我先上樓向艾米莉打招呼，再進廚房與瑪麗安握了握手，才來到花園探望園丁。

我飢腸轆轆地坐下吃飯，叔叔開始切羊腿，我便問起嬸嬸：「話說，我不在的這段時間，布萊克斯泰勃有沒有發生什麼事呢？」

「沒什麼大事。葛林克特太太到法國芒通度假六個星期，前幾天才回來。少校痛風發作了一次。」

---

35 山繆爾・斯科特（Samual Scott），英國風景畫家，以河濱風光和海景而聞名。

「還有你的朋友，就是卓菲爾夫婦倆跑了。」叔叔補充道。

「他們怎麼了？」我大聲地說。

「跑了。有天晚上他們收好行李，就直接去倫敦了。而且他們在鎮上到處都有帳未結清，房租和家具的錢全都賒著，還欠肉鋪老闆哈里斯快三十鎊。」

「太誇張了。」我說。

「光這些就夠差勁了，」嬸嬸說：「但是他們好像連女傭的工資都三個月沒付了。」

我聽得瞠目結舌，略為感到噁心反胃。

叔叔說：「我想以後啊，要是我和嬸嬸都認為不合適來往的人，你最好還是跟他們保持距離。」

嬸嬸說：「那些被他們騙的生意人還真是可憐。」

「他們活該，」我叔叔說：「居然敢讓那種人賒帳！我還以為誰都看得出來，他們只不過會投機取巧罷了。」

「真搞不懂他們究竟幹麼來這裡。」

「他們只是想炫耀啦，我猜他們八成心想，既然這裡的人都知道他們是誰，賒賬就更容易了。」

我認為這番話不合理，但內心打擊大到無力反駁。

我一找到機會，就去問瑪麗安是否知道些內幕。出乎意料的是，她的看法跟叔叔嬸嬸南轅北轍。她咯咯笑了起來。

「這對夫妻真的把所有人都唬住了，」瑪麗安說：「他們花起錢來毫不手軟，大家都以為他們很有錢，肉鋪老闆都給他們上好的頸肉，買牛排絕對是腰內嫩肉。其他像是蘆筍、葡萄，應有盡有。他們在鎮上每家店賒的帳愈積愈多。真不曉得怎麼會有人這麼笨。」

不過，她顯然在指那些商人笨，不是卓菲爾夫婦笨。

「但是，他們怎麼有辦法神不知鬼不覺地就跑了呢？」我問。

「這個嘛，每個人都很納悶。聽說喬治爵爺暗中幫助。我問你，要不是他用自己那輛馬車幫忙搬行李，他們要怎麼把行李運到火車站咧？」

「喬治爵爺怎麼解釋？」

「他說自己壓根也不清楚。大家發現卓菲爾夫妻連夜跑路後，整座小鎮難得鬧得不可開交。我想到就覺得好笑。喬治爵爺說，他始終不知道那對夫妻破產了，假裝自己也很吃驚。我可是一個字都不信。很多人在蘿西結婚前，就知道他們兩人的關係了，而且偷偷跟你說，我不覺得蘿西結婚後關係就結束了。據說，去年夏天有人看見他們兩個在田野散步，男的幾乎每天都在他們家進進出出。」

「大家怎麼發現他們跑了？」

「喔，事情是這樣的。他們雇了個女孩幫傭，那天讓她回家陪媽媽一晚，但是要在早上八點以前回來。可是咧，那孩子早上回來卻進不了屋。她又是敲門、又是按鈴，都沒有人回應，只好問住隔壁的女士該怎麼辦。那位女士說，她最好去找警察幫忙。一名警官陪她一起回來，同樣又是敲門、又是按鈴，依然沒人應門。警官就問那孩子，那對夫妻有沒有付她工錢，她說有三個月沒付了。警官就說，相信我，他們連夜跑了，一定是這樣。後來他們終於設法進了門，發現那對夫妻帶上所有衣物和書籍——聽說泰德．卓菲爾有一大堆稀有書——個人家當全部都清空了。」

「之後他們就再也沒有消息了嗎？」

「嗯，也不算沒消息啦，他們走了大約一個星期以後，那個女孩收到了一封從倫敦寄來的信，拆開看發現裡面沒有信之類的東西，只有一張充當她工錢的匯票。真要我說的話，這個舉動非常妥當，至少把那可憐孩子應得的工錢還給她。」

我比瑪麗安震驚許多。我自認是堂堂正正的年輕人。讀者想必已觀察到，我全然接受所處社會地位約定俗成的規矩，當成大自然的法則。雖然每每讀到書中提到龐大債務，我都覺得頗為浪漫，料想討債放貸的人物也稀鬆平常，但不得不承認，賴店家帳實在惡劣卑鄙。往後只要有人在我面前談起卓菲爾夫婦，我都擺出一臉不解的表情；要是有人把卓菲爾當成我的朋友，我會馬上說：「別亂說，我跟他們不熟。」若有人問：「那對夫妻是不是很俗氣啊？」我就回答：「說穿了就不是知書達禮的人啦，懂了吧？」蓋洛威先生就可憐了，他為此心煩意亂。

「當然啦，我以前也不覺得他們有錢，」他跟我說：「但是，我以為他們的財產至少足夠過日子。房子布置得漂漂亮亮，鋼琴也是全新的。我完全想不到，他們沒有一件東西付過錢。他們從來不虧待自己。最讓我受傷的是他們居然把我蒙在鼓裡。我們以前那麼常見面，還以為他們喜歡我，他們明明那麼好客啊。說了你也不會相信，我最後一次見到他們，握手準備道別的時候，卓菲爾太太還叫我隔天過去，卓菲爾先生說：『明天茶點是馬芬蛋糕喔。』想必當時他們早就把所有的東西打包好放在樓上了，就在那天晚上，他們就搭了最後一班火車到倫敦去。」

「喬治爵爺怎麼說？」

「老實說，我最近都沒有特別想去找他。這件事給了我一個教訓。俗話說要人慎選朋友[36]，這下應該要牢牢記住。」

我對喬治爵爺也有類似的感受，而且還略感緊張。假使他哪天忽然告訴大家，聖誕佳節期間我三天兩頭跑去找卓菲爾夫婦，這事又傳到了叔叔的耳裡，可以想見會鬧得多不愉快。叔叔會指責我說謊、搪塞又叛逆，行為舉止缺乏教養。到時我還真不知道該如何應對。我很了解叔叔的個性，他才不會善罷甘休，勢必每年都會數落我的不是。因此，我也很慶幸沒有見到喬治爵爺。豈料有天在大街上，我倆卻迎面巧遇。

「哈囉，年輕人。」他大喊，我實在討厭他叫我年輕人。「我猜你應該是回來度假吧？」

「你猜得沒錯。」我刻意用酸溜溜的語氣回答。

但他居然捧腹大笑。

「話說得這麼刺啊，當心刺傷自己欸，」他爽朗地回答，「好啦，看樣子我倆暫時都沒有惠斯特可以玩了。現在你懂入不敷出的下場了吧？我常常跟孩子們說，假如你身上有一英鎊[37]，花掉十九先令六便士，那你就是有錢人，但假如花掉二十先令六便士，你就變成窮光蛋。年輕人，小錢管好了，大錢自然來嘛。」

儘管他說話是那副德性，語氣卻沒有一絲不屑，反而笑得自然，彷彿在嘲笑這類名言警句。

「大家說是你幫他們跑路的。」我說。

「我？」他露出極度驚訝的表情，眼神卻閃著狡猾的笑意，「哎唷，大家跑來跟我說卓菲爾半夜潛逃的時候，我腳都軟了。他們還欠我四英鎊十七先令六便士的煤錢耶。我們全都被騙了啦，就連可憐的蓋洛威也是，根本沒吃到馬芬蛋糕。」

我從沒想過喬治爵爺的臉皮如此厚，本想說些什麼來將他一軍，但一時想不出任何反駁，只好說我有事得先走，朝他草草點頭便離開了。

---

36 此處出自《哥林多前書》(15:33)：「濫交朋友敗壞品性。」

37 英鎊，英國昔日幣值為一英鎊合二十先令，一先令合十二便士。

11

我一面沉浸於往事，一面等著歐洛伊．基爾。想到愛德華．卓菲爾晚年名聲崇高，對照他沒沒無名時不大光彩的往事，我忍不住輕笑出聲。不曉得是否因為小時候，我周圍的人都瞧不起他的作家身分，導致我向來無法看出一流書評家聲稱他具有的出色之處。長久以來，一般都認為他的英文文筆拙劣，甚至給人用鈍鉛筆寫字的印象；他的文風刻意雕琢，雅俗混雜得突兀，人物對白實在不像出自正常人之口。在寫作生涯進入尾聲時，他改以口述創作，文風憑添了口語的自然，變得流暢易懂；接著，書評家又回頭研究他壯年時期的小說，發覺英文用字遣詞活潑又帶辛辣，高度契合小說主題。他的寫作全盛時期，文壇正好流行華麗堆砌詞藻，筆下描摹的不少段落都收錄到各本英國散文集中。他描寫大海、肯特郡林中春日與泰晤士河下游日落的文字都赫赫有名，但我每每讀起來都不大舒服，真是感到汗顏。

我年輕時，儘管卓菲爾的書賣得不好，還有一、兩本遭圖書館查禁，欣賞他的作品卻成了文化修養的展現。有人稱他是無畏的現實主義作家，最適合用來反擊市儈俗人。有人福至心靈，發覺他筆下的船員和農夫都神似莎士比亞人物。思想前衛的文人聚會時，紛紛喜不自勝地驚呼，盛讚他描寫的鄉巴佬是刻薄的冷面笑匠。這正是愛德華．卓菲爾信手拈來的素材。可是，每當他的文字帶我走進帆船的艏甲板或酒館吧台，我往往心一沉，知道接著是六、七頁滿是方言寫成的輕浮論調，探討人生、倫理和永生等議題。但我也承認，自己向來認為莎士比亞的丑角千篇一律，那些數不清的子子孫孫更是教人無法忍受。

顯然，卓菲爾的長處在於描述自己最熟悉的階層：農場主人與工人、店老闆和酒保、帆船船長、大副、廚師和能幹的船員。他描繪起上流社會的人物時，即使是熱切崇拜他的讀者，想必也會渾身不對勁；他筆下的鄉紳名流無瑕得讓人難以置信，大家閨秀也都過度優雅、純潔又高貴，無怪乎開口就是多音節詞彙，藉此表達自己的尊貴。他描繪的女人都與現實脫節。但我在此必須再次強調，這純屬個人看法，畢竟社會多數人與知名書評家都同意，她們是英國女性中清新動人的類型，朝氣十足、英勇高尚，還經常將她們與莎翁筆下的女性角色相提並論。我們都知道女人常有便祕的毛病，但他小說中的女人卻好似沒了後庭，在我看來真的尊重過頭了。令我意外的是，女人居然能接受自己在小說中受到這般待遇。

書評家能迫使世人關注極為平庸的作家，而世人也可能被毫無優點的作家沖昏了頭，但兩者都不會長久。我不禁揣想，作家若非天賦異稟，不可能像愛德華．卓菲爾長期吸引讀者。少數文壇天才對於人氣多有輕蔑，甚至常斷言這是平庸的證明，但他們忘了後世評選某時期的作家時，並不是從沒沒無聞者中挑選，而都是名聲響亮之人。本來能永垂青史的巨作也許剛問世就不幸夭折了，但後世永遠都不會知道；後世也許會嫌棄今日的暢銷書，但最終又得從中做出選擇。無論如何，愛德華．卓菲爾的聲名不墜，只是他的小說我碰巧覺得無聊又冗長。他設法用灑狗血的情節，激起百無聊賴讀者的興趣，但只讓我提不起勁。話說回來，他的真誠無庸置疑。他最傑出的作品中，讀得到人生的波瀾，每一本都能察覺作者難以捉摸的性格。在他早期寫作生涯中，外界對他的現實主義褒貶不一。不同的書評家依據個人脾性，有的大讚他貼近現實，有的批評他粗鄙難耐。但現實主義已不再引起關注，當代讀者會從容克服上一代人極力迴避的障礙。行文至此，具有文化涵養的讀者一定會想起，卓菲爾去世那時《泰晤士報》文學副刊的首篇文章；該作者以愛德華．卓菲爾的小說為文本，寫了一篇堪稱頌揚美學的詩篇。凡是讀過的人，勢必都會欽佩其中濃烈的情感，讓人想起傑瑞米．泰勒[38]高雅的散文，其中蘊藏崇敬和虔誠，以及各種高尚的情操，行諸於文時，風格華麗卻不矯飾、甜美卻不陰柔。這篇文章就是美的化身。若有人說愛德華．卓菲爾是幽默作家，應當適時插入玩笑，增加頌文的輕鬆調性，此時就得反駁：這畢竟還是篇喪禮上的悼詞。眾所皆知的是，「幽默」膽怯的示好下，「美」看起來就少了優雅。歐洛伊．基爾那天談卓菲爾時聲稱，無論他天生有何缺點，字裡行間洋溢的美足以彌補。如今回顧我們的談話，我想正是這句話惹惱了我。

三十年前，上帝在文學圈蔚為風潮。信仰上帝合乎體統，新聞記者用上帝點綴片語、平衡句子；後來，上帝退流行了（說也奇怪，板球和啤酒也跟著退燒），由牧神潘恩取而代之。在上百部小說的草地上都可見到其分趾的蹄印；詩人看到祂潛伏在倫敦的暮色中；薩里郡與新英格蘭的女作家——工業時代的精靈女神——都神祕地獻身予祂粗魯的懷抱。她們的心靈從此不再一樣。但後來牧神也退流行了，由美取而代之。美俯拾皆是，藏在一句話、一條大菱鮃、一隻狗、一個日子、一幅畫、一個動作、一件洋裝中。一批批年輕女作家寫了潛力無窮、技巧出色的小說，絮叨地用各種

38　傑瑞米．泰勒（Jeremy Taylor）是英格蘭教會的一名神職人員，被視為英語世界最偉大的散文家之一。

方式探討美的感受，有的隱喻暗示，有的戲謔逗趣，有的情感濃烈，有的可愛動人。而那些剛從牛津畢業不久的年輕人，渾身仍散發著母校的榮光，每週在報紙上大發議論，告訴我們應該如何看待藝術、人生和世界，漫不經心地在密密麻麻的稿子中，隨意用上美這個字眼。說來可悲，美被濫用了。老天爺，他們真是拚命壓榨！理想有許許多多的名稱，美只是其中之一。我很納悶，如此喧囂是否僅是無法適應機械新世界的呼救，他們對美（這個可恥時代的小奈爾[39]）的熱情是否僅是多愁善感。說不定下一代更能適應生活的壓力，不再逃避現實，而是樂於接納現實以追尋靈感。

我不曉得別人是否像我一樣，但我很清楚自己無法長久凝視著美。對我來說，濟慈所寫〈隱地米恩〉第一句的虛假堪稱超越其他詩人[40]。美的事物帶給我神奇的感知時，我的思緒就迅速飄離；我實在無法相信，有人自稱有辦法接連數小時心醉神迷地欣賞一幅風景或一幅畫。美是欣喜若狂，宛如饑餓般單純，真的沒什麼好說，就像聞得到玫瑰的芬芳，僅此而已。這便是為何藝術評論讀來膩味，除非無關乎美，也就是無關乎藝術。藝評家對於提香筆下的《埋葬基督》這幅全世界或許最具純粹之美的一幅畫，除了請你親自去看，其餘評論皆算是歷史或傳記等等。但世人還把美添加其他特質——絕妙、人情味、溫柔、愛——因為美無法帶來長期滿足感。美就是完美，而完美僅能吸引我們一時的注意力（這是人性）。一位看完悲劇《費特兒》的法國數學家問道：「這齣劇證明了什麼？」他並非一般人認定的傻瓜。從來沒有人可以說明，為何帕埃斯頓神殿比一杯冰啤酒更美，除非納入種種與美無關的考量。美是一條死路、是一座無路可走的峰頂。這就是為何我們終究發覺艾爾．葛雷柯[41]比提香更吸引人、莎士比亞的未竟之功比拉辛的至高成就更為動人。探討美的文章多如牛毛，因此我只略加論述。美滿足審美的本能。但誰想要滿足呢？只有對傻瓜來說，吃頓盛宴就等於滿足。我們要面對現實：美有點令人厭倦。

但當然了，愛德華．卓菲爾的書評家所寫都是無稽之談。他最出色的優點不是讓作品活力充沛的現實主義、不是文字散發的美感、不是對船員的生動描繪，也不是他對含鹽沼澤、暴風雨前寧靜與僻靜村莊的詩意刻畫，而是他的長壽。敬重長者是人類最了不起的特質，而英國人民在這方面獨步天下，我認為這話相當中肯。其他國家對

39 小奈爾，英國十九世紀作家狄更斯筆下《古玩鋪》裡的角色，聰明善良但不幸殞命，成為維多利亞時代悲劇的象徵。

40 該句是「美的事物即永恆的喜悅（A thing of beauty is a joy forever）」。

41 艾爾．葛雷柯（El Greco），西班牙文藝復興時期畫家、雕塑家與建築家。

長者往往是精神上的敬愛，我們英國人卻身體力行。除了英國人，還有哪國人會擠爆柯芬園，只為了聽失聲的高齡首席女高音唱歌呢？除了英國人，還有誰會花錢看行將就木、腳步都跨不開的舞蹈家表演，又在中場休息時彼此讚歎著「天哪，你知道他六十幾歲了嗎」？不過相較於政治人物和作家，這些人都尚稱年輕。我常常會想，年輕演員必定是性格特別溫和，才有辦法在七十歲不得不退休時，看到同齡公眾人物和作家正值事業巔峰，但不致於心生怨恨。男人四十歲時進入政壇，七十歲便會成為政治家。這個年齡當文書、園丁或治安法官都嫌太老，卻夠成熟治理國家，其實不足為奇。不妨想想，從古到今，老一輩都向年輕人灌輸一項觀念：他們比年輕人更有智慧。年輕人發覺這話根本是胡扯時，自己也已邁入老年，便繼續說著這番鬼話坐享其成。況且，凡是置身政治圈的人，勢必會發現（若以結果來論）治理國家其實不太需要心智成熟。我百思不解的是，為何作家年紀愈大就愈該愈受敬重？我曾一度認為，作家長達二十年寫不出有意思的作品時，旁人之所以給予讚揚，主要是因為年輕人不再擔心飯碗被老人搶走，可以放心地吹捧他們的優點——眾所皆知，讚美不構成威脅的人，往往是阻撓真正勁敵的絕佳方式。但這未免小看人性，我絕不輕易讓自己受到廉價犬儒的批評。經過深思熟慮，我得出的結論是：超越平均壽命的作家在晚年大受世人讚譽，真正的原因是聰明人三十歲後就不讀書了。隨著年歲增長，年少讀過的書閃耀著迷人光采，年復一年，對原作者的讚譽便水漲船高。而作家當然得寫下去，必須保持大眾前的曝光度，而且不能認為一、兩本傑作就夠了，還必須寫四、五十本無足輕重的作品打底。這個過程需要時間。即使作品無法用魅力抓住讀者的心，也要能用分量讓讀者吃驚。

若正如我所想，長壽等於天賦。在我們的時代中，鮮少有人像愛德華・卓菲爾大剌剌地享此福氣。他在六十多歲尚稱年輕時（文人雅士把他利用完後，就對人家不理不睬），在文壇僅是還算可敬，一流書評家對他的美言有所節制，年輕一輩喜歡隨便開他玩笑。他的才華受到公認，但誰也沒料到他會是英國文學的榮耀。接著他慶祝七十歲生日，文壇泛起惴惴不安的氛圍，宛如遠方有颱風在東海伺機，此時已出現陣陣波瀾。一切逐漸明朗起來：多年來，我們身邊就有位偉大的小說家，居然沒任何人察覺。於是，各家圖書館湧現借閱卓菲爾作品的人潮，布魯姆斯伯里、卻爾西等文人聚集之地，出現上百篇針對卓菲爾小說的褒揚、研究、散文和著述，有的簡短地閒話家常，有的激動地長篇大論。上述文章一印再印，全集與選集皆有，價格從一先令、三先令六便士、五先令到一基尼不等，有的分析小說風格，有的探討哲學思想，有的剖析寫作技巧。愛德華・卓菲爾至七十五歲已是公認的文學天才，八十歲成為英國文壇大老，直到去世仍享有崇高地位。

如今我們環顧周遭，想到無人能取代他的地位，就悲從中來。有些七十多歲的長者正積極關注此事，八成覺得自己能輕鬆遞補空缺。但他們顯然缺少某種特質。

雖然花了大量篇幅描述這些往事，在我腦海中其實是轉瞬而過。回憶紊亂地向我襲來，一下是某個偶發事件、一下是過去的對話片段，我悉數記下來是為了方便讀者，也是因為我腦袋非常清楚。我自己都很意外，即使事隔多年，還清楚記得當時那些人的模樣，甚至他們說話的重點，但對他們的穿著只有模糊的印象。我當然曉得四十年前的穿著，尤其是女人的衣服，樣式與現在大不相同，但我若有任何殘留的記憶，也並非來自過去生活的印象，而是很久以後看到的圖畫和照片。

我天馬行空地亂想時，突然門口傳來計程車停下的聲音，接著門鈴響起。沒多久就聽到歐洛伊・基爾用洪亮的聲音，告訴管家他與我有約。他走了進來，身材高壯、豪爽坦率，那充沛的活力瞬間粉碎了我從已逝過去打造的虛幻樓閣。他宛如三月一陣疾風，把難以逃避又咄咄逼人的現實吹到我面前。

「我剛剛心裡才在思考，」我說：「誰可能接替愛德華・卓菲爾英國文壇大老的位子，你就正巧來回答問題了。」

他開朗地哈哈大笑，但眼神閃過一絲懷疑。

「我看沒人囉。」他說。

「那你自己呢？」

「哎，這位先生，我還不到五十歲耶，再給我二十五年吧。」他笑著說，雙眼卻緊盯著我，「我老是搞不懂你是不是在尋我開心。」他的目光忽然下垂，接著說：「當然啦，人難免會時不時思考未來。現在那些有頭有臉的大人物都比我大十五到二十歲。這些人不可能長生不死，但是他們不在了，換誰上來呢？當然會有阿道斯[42]，他比我年輕很多，但身體不太好，我覺得他根本沒好好照顧自己。除非出現意外，我的意思是除非有天才橫空出世、橫掃千軍，否則再過二十年或二十五年，我要一枝獨秀應該不成問題，重點就是要比毅力、比氣長。」

洛伊那壯碩的身體一屁股坐進房東的扶手椅，我倒了杯威士忌蘇打給他。

---

42 此處應是指阿道斯・赫胥黎（Aldous Huxley），英國作家暨哲學家，出身菁英世家，但自小體弱又患眼疾，曾多次獲諾貝爾文學獎提名。

「不用了，我六點鐘以前不喝烈酒。」他說，接著環顧四周。「哇，住在這裡很不錯耶。」

「是啊。你來找我有何貴幹呢？」

「我想最好跟你聊聊卓菲爾太太邀稿的事。電話裡頭很難解釋清楚，其實，我準備要寫卓菲爾的傳記了。」

「原來如此！你那天為什麼不直說呢？」

我對洛伊產生了好感，很高興自己沒錯看他，當初就猜他會邀我吃午餐，不單純是為了喜歡找我陪伴。

「我還沒有下定決心啦。卓菲爾太太非常希望由我負責，她會盡可能從旁協助，也會把相關素材都交給我，畢竟她蒐集很多年了。這可不是一件容易的事情。當然啦，我要寫就非得寫好。如果能順利完成任務，絕對會帶給自己很多好處。小說家如果偶爾寫點嚴肅的東西，讀者就會非常尊敬他。我以前那些評論作品煞費苦心，又完全賺不了錢，但是我一點也不後悔。我是靠那些作品取得一席之地，不然也不會有今天的地位。」

「我覺得這個計畫很棒啊。過去這二十年來，最熟悉卓菲爾的人非你莫屬吧。」

「我也這麼覺得。雖然說我和他剛認識的時候，他已經六十多歲了。我寫了封信告訴他，自己有多崇拜他的書，他就邀請我去看他。但我對他前半輩子一無所知。卓菲爾太太以前都想辦法要他多聊聊那段日子，把她先生每句話做了大量筆記，還有他三不五時寫的日記。當然啦，他的小說中很多內容的自傳意味濃厚，但是還有巨大的空白有待填滿。跟你說，我想寫的一本貼近生活的書，包括各式各樣的小細節，讀者看了會打從心裡感到溫暖，再對他的文學作品做完整的評析，不會寫得龐雜囉嗦，而是會寄予同理又仔細爬梳，而且……細膩。這自然要耗費一番工夫，可是卓菲爾太太認為我辦得到。」

「肯定沒問題。」我表示。

「我也覺得沒什麼不行。」洛伊說：「身為評論家兼小說家，我當然有一定的文學資歷。但是除非大家願意幫忙，否則我也推不動任何事情。」

我開始明白自己的功用了，但還是盡量表現得一臉茫然。洛伊探過身子。

「前幾天我問你是否打算自己寫點東西談談卓菲爾，你說無意動筆。現在還這麼肯定嗎？」

「沒錯。」

「那麼你方便提供素材給我嗎?」

「這位先生,我還真的沒有耶。」

「少來了啦,」洛伊爽朗地說,語氣宛如醫生在哄小孩張開喉嚨給他檢查,「以前他住在布萊克斯泰勃的時候,你們一定常常見面。」

「我那時候年紀還小啊。」

「但是你一定察覺了這種經驗非比尋常吧?畢竟只要跟愛德華.卓菲爾相處半小時,就會佩服他脫俗的性格。就算對十六歲的大男生,這一定也顯而易見,更何況你又比同年齡人更善於觀察和敏銳。」

「我倒是在想,要是他少了現在的名氣,性格是不是依然顯得脫俗啦。想想看,假如你化名為特許會計師阿金斯先生,跑到英格蘭西部一家水療中心治肝病,你在那裡認識的人會覺得你性格獨特嗎?」

「我想他們應該很快就會發覺,我可不是普通的特許會計師。」洛伊說。

「嗯,我只能說以前來往的那些日子裡,卓菲爾最讓我受不了的是他老愛穿花稍到不行的燈籠褲。我們常常騎腳踏車出去,被別人看到我跟他在一起,我就會渾身不自在。」

「現在聽起來很搞笑啊。他都說些什麼？」

「我不知道，不太說什麼。他以前對建築很感興趣，還會聊跟耕作有關的事情。如果路過看起來不錯的酒館，他通常會提議進去休息五分鐘，喝杯苦啤酒，然後跟老闆聊莊稼和煤價之類的事情。」

我漫無邊際地說下去，不過從洛伊臉上可看出對我相當失望。他聽得有點無聊，我忽然發覺他感到無聊的表情看起來有些暴躁。雖然我不記得在騎車出遊時，卓菲爾說過別具意義的話，但對於路途中的感受卻無比鮮明。布萊克斯泰勃特別之處在於，雖然位處海濱，有著長長的礫石海灘、後頭則有片沼澤地，但只要往內陸走半英里左右，就能來到肯特郡最偏僻的鄉間。道路彎彎曲曲，兩側分別是肥沃的翠綠田野與一叢叢高大的榆樹，壯碩又樸素莊重，宛如當地的老實農婦，個個面色紅潤、身體硬朗，因為吃高品質奶油、手工麵包、奶酪和新鮮雞蛋而長得豐腴。有時僅是一條小巷，兩側都是茂密的山楂樹籬笆，上方由伸展出的榆樹綠葉遮蔽，抬頭只見中間一線藍天。在這般溫暖又清新的空氣中騎腳踏車前進時，世界彷彿戛然而止，生命永恆不變。儘管腳踩得起勁，還是感到慵懶又甜美。沒人說話的時刻，我內心十分愉悅。若有人興沖沖地忽然加速向前衝，大夥都會被逗得樂陶陶，自己也拚命踩了好幾分鐘。

大夥天真無邪地嬉鬧，得意於自身幽默而咯咯笑著。腳踏車不時行經鄉間小屋，屋前有著小花園，其內種著蜀葵與虎尾蘭；離大路不遠處是農舍，裡面有寬敞的穀倉與啤酒花烘房。有時也會經過啤酒花田，可見漸熟的啤酒花串成花環垂掛。酒館氣氛親切不拘小節，看起來與小屋相去不遠，門廊上常常攀著忍冬。酒館名稱都耳熟能詳：「快樂船員」、「開心農夫」、「王冠與錨」、「紅獅」等等。

當然，這些對洛伊來說全都無關緊要，他打斷了我的話。

「他從來沒有聊過文學嗎？」他問道。

「沒有。他不是那種作家。我猜他會獨自思考創作，但從來沒有在人前說過。他以前常向助理牧師借書。有年冬天的聖誕假期，我幾乎每天都在他家用茶，偶爾助理牧師會跟他聊到書，但是我們都叫他們不要吵。」

「你完全不記得他說了什麼嗎？」

「只有一件事。我之所以還記得，是因為那時還沒有讀過他提到的那本書，因為他的話，我才去找書來看。他說，莎士比亞退休回到雅芳河畔史特拉福鎮，廣受尊敬，假如他還會想到自己創作的戲劇，很可能就是他最感興趣的兩齣：《一報還一報》和《特洛伊羅斯和克瑞西達》。」

「我覺得這不太能說明什麼。難道除了莎士比亞，他沒有提到更現代的人嗎？」

「嗯，我不記得了。但幾年前跟卓菲爾夫妻吃飯時，無意中聽到他說亨利．詹姆斯無視美國崛起這件世界史大事，寧願描寫英國鄉間大宅茶會的八卦閒聊。卓菲爾說這是『**il gran rifiuto**（重大的拒絕）』。我聽到這位老人家說了義大利片語，當下感到既驚訝又好笑，因為在場只有一位高大健朗的公爵夫人聽懂他的鬼話。他說：『可憐哪亨利，自始至終都在一座富麗堂皇的花園周邊閒來晃去，而圍牆高到他根本看不見裡頭的情況，喝茶的眾人位置又離他太遠，他也聽不見伯爵夫人在說什麼。』」

洛伊聚精會神地聽著我講的小故事，若有所思地搖了搖頭。

「我想這個故事應該用不上，絕對會被亨利．詹姆斯的書迷狠狠教訓一頓……那晚上你們都會做些什麼呢？」

「我們一起玩惠斯特，卓菲爾則讀那些他要評論的書，他以前也常常唱歌。」

「這就有意思了。」洛伊說著，迫不及待地探過身子。「你還記得他唱了什麼歌嗎？」

「記得可清楚了。他最喜歡的兩首歌是〈始終愛著阿兵哥〉和〈買酒也要圖便宜〉。」

「是喔！」

洛伊看得出來很失望。

「你以為他會唱舒曼的歌嗎？」我問。

「為什麼不行？這樣一來，就很值得寫到書中了。可是仔細想想，他應該要唱海上船員勞動之歌或古英格蘭鄉村民謠，就是那種常常在市集上聽到的歌——盲人拉著小提琴，鄉下小伙子跟少女在打穀場上跳舞之類。假如是這些歌，我就可以寫出很美麗的段落。但是我真的無法想像愛德華．卓菲爾演唱秀場歌曲。畢竟你在畫肖像的時候，必須掌握好明暗，如果加入不搭軋的色調，只會混淆觀者的印象。」

「你知道沒過多久，他就在某個晚上消失了，把所有人擺了一道。」

洛伊沉默了整整一分鐘，若有所思地低頭盯著地毯。

「是啊，我知道那時候鬧得不太愉快，卓菲爾太太提過。就我所知，他後來把所有債都還清了，才買下佛恩大宅，然後在那一區定居。我覺得，真的不需要計較他生涯中無關緊要的插曲，再說事情都過了快四十年了。你要知道，這位老先生有些怪癖。有人可能會以為，鬧出這種見不得人的醜聞之後，他絕對不會挑布萊克斯泰勃一帶安度餘生，尤其那裡又剛好回到他卑微的出身。但是，他好像一點也不介意，似乎把整件事情當成笑話來看，甚至告訴來吃午飯的客人，讓卓菲爾太太非常難堪。我希望你多多認識愛咪。她真是個了不起的女人。當然，老先生寫出畢生所有偉大作品之前，根本沒見過她。但是我認為誰也無法否認，正是她打造了老先生人生最後二十五年威嚴莊重的形象。她對我向來有話直說——照顧丈夫可沒有那麼輕鬆。卓菲爾生前很多怪癖，他太太不得不運用手腕讓他行為合乎規矩。他在某些事情上固執得很，個性不夠好的女人早就灰心了。比方說可憐的愛咪費盡心思才讓他戒掉一個壞習慣，就是每當吃完肉和蔬菜，他都會拿塊麵包把盤子擦乾淨，再把麵包放到嘴裡吃掉。」

「你知道那代表什麼意思嗎？」我說：「這代表以前有很長一段時間，他都不得不餓著肚子，所以捨不得浪費任何食物。」

「也許是這樣吧。但是對於一位出類拔萃的文人來說，這真的不是太好的習慣。還有就是他明明不太常喝酒，卻老是愛跑去布萊克斯泰勃的熊與鑰匙旅館，待在酒吧喝幾杯啤酒。喝酒本身當然沒有什麼不好，可是確實讓他引人注目，到了夏天尤其如此，因為那裡會擠滿度假人潮。他一點都不介意聊天對象，好像無法察覺自己有身分地位要顧。另外，他們家不時請一堆有頭有臉的人來吃飯，例如詩人愛德蒙·高斯與大臣克松爵爺，結束後他竟然還跑到酒館跟水管工人、麵包師傅和衛生稽查員分享他對那些大人物的看法，真的是難堪無法反駁。當然，這也是可以找到原因，像是他追求地方色彩，還對不同類型的人深感興趣。不過，他有些壞習慣真的很棘手。你知道嗎？愛咪・卓菲爾都要費盡千辛萬苦，才有辦法叫他洗澡。」

「他出生的那個年代，一般認知是常常洗澡不太健康。我猜他是到了五十歲以後，才開始住進有浴室的房子。」

「這個嘛，他說自己一個星期頂多洗一次澡，還說不懂為什麼這把年紀非得改變習慣。愛咪要求他一定要每天換內衣褲，但是他也表達反對，說自己已經習慣同一套內衣褲穿七天了，每天換洗簡直是鬼扯，而且愈常洗愈容易洗破。卓菲爾太太想方設法要引誘他每天洗澡，還會用上浴鹽和香水，可是他完全不為所動，而且隨著年紀愈來愈大，連一個星期洗一次也不願意。卓菲爾太太告訴我，老先生生命的最後三年，從來沒有洗過澡。當然，這些事情我們知道就好，不要對外張揚。我只是要說，描寫他人生故事的時候，我下筆不得不用些圓滑的手法。大家都無法否認，他在花錢上有點隨便，又老愛跟社會地位低下的傢伙廝混，古怪得很，生活習慣又令人難以苟同，不過我認為那些都不是最要緊的事情。我不想在書中說謊，但是有些東西真的最好別提。」

「難道你不覺得，如果寫得毫無保留、把醜陋面全都攤在世人前，這樣會更有意思嗎？」

「噢，我可辦不到。那樣的話，愛咪．卓菲爾就再也不會理我了。她把傳記交給我執筆，就是因為相信我會拿捏分寸，我必須有紳士的教養才行。」

「既當紳士又當作家是難上加難喔。」

「有何不可？況且，你也知道評論家的德性。如果據實以告，他們只會說你憤世嫉俗，而這個名聲對作家沒有任何好處。當然我並不否認，如果寫得肆無忌憚，包準會引發一陣轟動。想來就覺得有趣：既要呈現這位作家對美的熱情專注，又要描述他對責任的漫不經心；文字風格優美卻痛恨肥皂和清水；懷抱理想主義卻在三流酒吧狂飲。可是老實說，這樣值得嗎？他們只會說我在模仿利頓．史特雷奇[43]。算了啦，我最好還是埋些隱喻，盡量討喜與含蓄之類，字裡行間保有溫柔。我認為作者在動筆前，應該都要在腦海看到書的模樣。嗯，我覺得這本書很像凡．戴克的肖像畫，

43 利頓．史特雷奇（Lytton Strachey），英國歷史學家與傳記作家，筆下作品尖酸刻薄，常用低俗手法拆穿偉人的虛偽。

散發的氛圍宜人又不失嚴肅，還有氣宇不凡的尊貴。你懂我的意思嗎？全書大約八萬字。」

當下，洛伊陶醉在美的思緒中，感到無比愉悅。他在內心看到一本書，尺寸八開，拿在手中既薄又輕，頁緣留有大片空白，精美的紙上印著清晰秀美的字體。我想他也看到了裝幀設計，書皮是黑色光滑布面，滾著金邊與燙金字體。但正如我在前幾頁所說，凡人畢竟是凡人，歐洛伊．基爾僅能一時沉浸於美的狂喜之中，不久便回過神來，對我投以坦率的笑容。

「可是我究竟要怎麼略過卓菲爾的前妻呢？」

「家醜不可外揚囉。」我喃喃地說。

「她真是天殺的麻煩，又跟卓菲爾結婚這麼多年。愛咪對這個問題的想法非常明確，但是我不曉得要怎麼讓她滿意。她的態度明擺著蘿西．卓菲爾對她丈夫的影響壞透了，無所不用其極地摧毀他的道德、肉體與財務。不管從各方面來說，蘿西都配不上她丈夫，至少學識和精神遠遠不如。只是剛好卓菲爾的生命力旺盛，才沒被她的胡搞瞎搞給弄垮。這樁婚姻當然是不幸收場。她也的確過世好多年了，此時還挖出過去的醜聞、揭露一大堆瘡疤，統統攤在陽光底下，有點讓人於心不忍；但實情是卓菲爾最偉大的作品都是跟她同居時期完成的。我雖然非常欣賞他後期的書——沒有人比我更察覺到這些作品的純粹美學，同時又節制有度、帶有古典莊嚴，絕對令人欽佩——但我也得承認，它們少了早期作品的濃烈、生氣、味道和人生的喧囂。在我看來，你無法完全忽視他前妻對創作的影響。」

「那你打算怎麼辦？」我問道。

「我覺得他那一部分的人生，應該可以盡量含蓄、細膩地處理，避免觸動敏感神經，同時又保有男子氣魄的坦然，不曉得你是否懂我的意思，這樣寫起來就會打動人心。」

「聽起來很難辦到呢。」

「在我看來，沒有必要嚴謹到吹毛求疵，問題在於如何點到為止。我不會描述太多細節，但我會寫出精華讓讀者心領神會。你也知道，不管主題有多低俗不堪，只要處理起來慎重其事，就可以淡化文字刺眼的感覺。但是除非我掌握到全部事實，否則什麼都做不了。」

「巧婦難為無米之炊嘛。」

洛伊表達起來流暢自如，可見是很成功的講者。但願我的表達也如此有說服力又貼切，而且永遠不會詞窮、毫不猶豫脫口而出，但願我能克服眼下感受到的自身無能與可悲。微不足道如我居然要代表廣大仰慕他的書迷，不像洛伊天生就有應對的能力。現在他稍作停頓，露出和善的表情，臉龐因為熱情而紅潤、因為天熱而出汗，那對緊迫盯人的強勢眼神也轉為柔和、露出笑意。

「老兄，這就得靠你幫忙了。」他語帶愉悅。

我向來覺得，生活中凡是遇到無話可說或無言以對的情況，沉默不語便是上策。於是我選擇先不開口，和顏悅色地瞧著洛伊。

「沒有人比你更了解他在布萊克斯泰勃的生活啦。」

「這很難說。以前在布萊克斯泰勃，想必有些人跟我一樣常見到他。」

「可能吧，但他們大概都只是小人物，我認為他們不大重要啦。」

「我懂了。你的意思是，我是唯一會告密的人。」

「差不多就是這個意思，如果你非得這麼不正經的話。」

我看得出洛伊並不覺得好笑。我也沒有不悅，因為我早就習慣別人對我的笑話沒反應。我常常在想，最純粹的藝術家是被自己逗笑的幽默大師。

「我相信，你後來在倫敦經常見到他。」

「是啊。」

「那時候他在下貝爾格拉維亞一帶有間公寓。」

「是在皮姆利科租屋。」

洛伊面不改色地微笑。

「我們就別爭論他到底住在倫敦哪個區域了，那時候你們非常熟吧。」

「滿熟的。」

「前後大概多久？」

「兩年左右。」

「那時你幾歲呢？」

「二十。」

「聽我說，我希望你能幫我一個大忙，這不會花你太多時間，但是對我來說有無與倫比的價值。我希望你把關於卓菲爾的回憶，盡量詳實記錄下來，還有關於他太太的所有回憶、兩個人的關係如何等等，包括布萊克斯泰勃和倫敦的兩段時期都寫下來。」

「老兄，這未免太強人所難了。我手邊還有許多工作待完成。」

「這不用花你很多時間啦。我的意思是，你可以寫得很粗略，不必煩惱文字風格之類的細節。我會再用適當的風格去潤飾，現在只想要事實的陳述。說穿了，除了你沒有人了解他們了。我不想說得冠冕堂皇，但是卓菲爾是偉大的作家，就當作是為了紀念他，同時也是為了英國文學，你理應說出自己知道的一切。我原本不應該提出這種要求，但是那天你說不打算寫任何跟他有關的文字，這就好像占著茅坑不拉屎嘛，明明擁有大量素材，卻寧願占為己有也不使用。」

洛伊這番話同時要達成不同目的：激發我的責任心、怪罪我的懶惰、肯定我的大方與正直。

「可是為什麼卓菲爾太太要我去住佛恩大宅呢？」我問。

「喔，我們聊過這件事情了。那間屋子住起來很快活，她又非常好客，現在正好是鄉間最美好的時候。她覺得，假如你願意住在那裡撰寫回憶，便能生活得既舒適又安靜。當然，我說無法保證你會答應，但大宅離布萊克斯泰勃這麼近，自然會勾起各種你原本忘記的往事。況且，住在卓菲爾的家中，周圍都是他的作品和遺物，過去的一切只會更加真實。我們可以一起聊聊他的事情，通常說到忘我的時候，回憶又會浮上心頭。愛咪聰明伶俐，多年來都習慣記錄卓菲爾的談話。也許隨興說出口、無意寫下的東西，她事後卻有辦法記下來。我們也可以打網球、游游泳。」

「我不太喜歡跟別人住在同一屋簷下，」我說：「我討厭早上九點起床吃早餐，吃我不想吃的東西。我很不喜歡出去散步，也沒興趣了解別人的家務事。」

「她現在孤零零的。住她那裡不僅是幫她的忙，也是幫我的忙。」

我思考了一下。

「那不然這樣吧：我會去一趟布萊克斯泰勃，但是我要獨自前往。我會在熊與鑰匙旅館住下，也會去探望卓菲爾太太，前提是你剛好也在。你們可以大談特談愛德華・卓菲爾，我要是聽膩了，就隨時離開。」

洛伊爽朗地笑出聲來。

「好，這樣也成。你能不能把我可能用得上的回憶都記下來呢？」

「我盡量。」

「你什麼時候來？我星期五就會過去。」

「你答應在火車上不吵我的話，我就跟你一塊去。」

「好，五點十分那班火車最適合。要不要我去接你？」

「我自己就能到維多利亞車站，到時月台上見。」

我不知道洛伊是否怕我改變心意，語畢他立刻站起身子，熱情跟我握了握手就離開了。臨走前，他拜託我千萬別忘了攜帶網球拍和泳衣。

12

因為對洛伊的承諾，我的思緒被拋回剛到倫敦的頭幾年。那天下午，我沒特別的事可做，忽然想散散步，順便找以前的房東太太喝杯茶。猶記得當年我不過是沒見過世面的小毛頭，初來乍到倫敦聖路克醫學院，正在尋找適合的住宿，醫學院祕書就給了我哈德森太太的名字。她在文森廣場有一棟房子。我一住就是五年，租了一樓的兩個房間，上頭的客廳住著西敏學校的老師。我的房租是每週一英鎊，那位老師則付二十五先令。哈德森太太活動力十足，成天忙進忙出，個子嬌小、面色蠟黃，有著大大的鷹鉤鼻，以及一雙我見過最明亮靈動的黑眼眸。她有一頭濃密烏黑的頭髮，每天下午與週日整天，都在前額留著瀏海，頸後盤著一個髮髻，宛如澤西莉莉[44]的老照片。她有一顆善良的心（儘管當時我並沒有意識到，因為年輕人都會把別人的善意視為理

---

44 澤西莉莉（Lillie Langtry），英國社交名媛、演員，姿色出眾。

所當然），且廚藝精湛，她的舒芙蕾煎蛋捲無人能敵。每天她都早早起床，到房客的客廳點爐火，大家吃早餐時才不致於凍到喊冷。若她沒聽見盥洗的聲音（房客床底下有一個錫製扁澡盆，前晚都會先裝滿熱水用以驅寒），她就會說：「這下可好，飯廳那層樓的還沒起床，上課又要遲到了。」語畢，她會三步併兩步上樓，大力敲起房門，扯著尖銳的嗓門說：「你再不起床可就沒時間吃早飯了，我特別留給你一條好吃的鱈魚喔。」她整天都在忙碌著，一邊工作一邊唱歌，開開心心又笑口常開。她的丈夫年紀大她不少，曾在大戶人家當過管家，臉頰兩側蓄著鬍子，舉手投足非常有禮。他當時在附近教堂擔任司事，十分受到敬重。他都會在餐桌旁侍候，幫忙擦擦靴子、刷洗碗盤。哈德森太太唯一放鬆的時刻，就是張羅完晚飯後上樓（我六點半用餐，老師七點用餐）與房客聊聊天。可惜當時我沒靈機一動（像愛咪．卓菲爾對她的作家丈夫那樣），記錄下她說過的話，因為哈德森太太是操著倫敦考克尼腔的幽默大師。她天生就妙語如珠、談吐辛辣，而且用詞貼切又豐富，信手拈來都是滑稽隱喻或生動片語。她凡事講究禮節，絕對不收女房客，因為永遠弄不清楚她們在玩什麼花樣——「成天滿腦子除了男人還是男人，另外就是愛喝午茶，吃薄麵包塗奶油，還有開門要熱水之類我搞不懂的事情。」但在聊天當下，哈德森太太也會用上那年代的粗話，眼睛都不眨一下。她對瑪麗・洛依德[45]的評價可以套用在自己身上：「我最喜歡她的地方，就是她會逗得你開懷大笑，有時候說話真是難聽，但從來都不會超過分寸。」哈德森太太也喜歡自己的幽默感，我想她之所以樂於找房客閒話家常，是因為丈夫個性嚴肅（她說：「本來就應該這樣，他可是教堂司事，必須出席婚喪喜慶嘛。」）不太喜歡插科打諢。「我都會跟我先生說，你有機會的時候應該笑一笑，不然哪天死掉埋在土裡，想笑也笑不出來囉。」

哈德森太太的幽默是日積月累而來，而她與住在十四號布切爾女士之間的宿怨，堪稱每年都上演的精采傳奇喜劇。

「她就是討厭的老太婆，不過我敢向你保證，要是有一天她蒙主寵召，我還真會想念她耶。雖然無法想像上帝會怎麼處置她，但她活著的時候帶給我很多歡樂。」

哈德森太太有一口爛牙，對於是否應該拔光換假牙，她足足說了兩、三年，拋出各式各樣難以想像的滑稽想法。

「可是我昨天晚上跟我先生提這件事，他回我『噢，拜託妳就把牙齒拔掉吧，事

45 瑪麗・洛依德（Marie Lloyd），英國歌舞劇場演員。

情就解決啦』，但是這樣我就沒有什麼話題好聊了。」

我已兩、三年沒見到哈德森太太了，前一次去看她，是因為她寫來一封短信，信中邀請我到她家喝杯濃茶，同時告知：「哈德森先生已逝，下週六屆滿三個月，享壽七十九歲，喬治與海絲特皆向你問候。」喬治是她與哈德森的兒子，如今已接近中年，在伍維奇兵工廠任職。哈德森太太二十年來老是說，喬治總有一天會幫她討個媳婦回家。海絲特是家事全包的女傭，我租屋最後那段日子，哈德森太太才雇她來幫忙。即使到現在，哈德森太太還會說她是「我那個臭丫頭」。雖然我當初租哈德森太太的房間時，她就已三十多歲了。事隔三十五年，我悠閒地穿越格林公園時，仍十分篤定她一定還在人世。她絕對是我年少記憶不可缺少的一部分，宛如在人工池子邊的鵜鶘般自然。

我走下地下室前的台階，海絲特幫我開了門。她已年近五十、身材粗壯，但那張羞怯的笑臉上，仍帶著當年臭丫頭少根筋的氣質。她帶我到地下室的前廳，哈德森太太正在幫喬治縫補襪子，摘下眼鏡瞧了我一眼。

「哎唷，這可不是艾森登先生嘛！稀客稀客，海絲特，水開了嗎？我們一起好好喝杯茶吧？」

哈德森太太比當年剛認識時發福了些，行動也略顯緩慢，但頭上幾乎沒有一根白髮，眼眸像鈕釦般黑中透亮，閃爍著喜悅。我坐在一張破舊的小扶手椅上，上頭鋪著栗色皮革。

「哈德森太太，最近都好嗎？」我開口問道。

「喔，沒什麼好抱怨的啦，只是不像以前那麼年輕了，」她答道：「你以前在的時候，我還能忙東忙西，現在沒那個體力，不幫房客煮晚飯了，只幫他們準備早飯。」

「房間都租出去了嗎？」

「是啊，謝天謝地。」

由於物價上漲，哈德森太太也能賺比較多房租，我想她如今省吃儉用，生活應該相當寬裕。不過，現今房客的需求當然更多了。

「你絕對無法相信，我一開始要裝潢浴室，接著又要換上電燈，然後他們說什麼都要我裝電話。天曉得他們之後又想要什麼。」

「喬治先生說，哈德森太太可以考慮退休了。」海絲特一邊說著，一邊把茶端上桌。

「妳管自己就好了，臭丫頭，」哈德森太太劈頭就說：「我要是真的退休，那就代表要到墓園長眠了。想想看，我要是整天只有喬治和海絲特在身邊，沒有人可以聊天，那怎麼行？」

「喬治先生說，她應該在鄉下買間小房子，好好照顧自己。」海絲特說，絲毫不介意遭斥責。

「少跟我提鄉下。醫生要我去年夏天到鄉下住六個星期，簡直是要了我的命。鄉下吵死了，所有鳥都一直叫個不停，公雞也啼個沒完，然後母牛哞個半天，真的很受不了。要是你像我一樣清閒自在地活了這麼多年，就不可能習慣時時刻刻都是吵鬧聲。」

幾戶人家之外就是沃霍爾橋路，聽得到電車行駛發出叮叮噹噹的聲音，以及巴士在路上轟隆隆地經過、計程車喇叭聲此起彼落，不過對哈德森太太來說，那是倫敦的聲音，帶給她精神上的撫慰，宛如母親的輕哄撫慰躁動的孩子。

我環視眼前這間溫馨、簡陋又樸實的小客廳，哈德森太太在這裡生活好久了。我思考著自己能幫她什麼忙，隨即留意到她的留聲機。這是我唯一想到的東西。

「妳有沒有想要什麼東西，哈德森太太？」我問。

她若有所思，晶亮的眼眸盯著我瞧。

「被你這麼一問，我還真想不到，大概只希望自己的健康和體力再維持個二十年，就可以一直工作了。」

我平時並不是多愁善感的人，但聽到這個出乎意料又像她作風的回答，一時之間居然哽咽起來。

我要離開時，問她能否讓我看看先前住了五年的房間。

「海絲特，快上樓看看格拉罕先生在不在。就算他不在，肯定也不會介意你瞧兩下的。」

海絲特連忙跑上樓。過了一會，她稍稍喘著氣，下樓來說格拉罕先生出去了。哈德森太太便陪同我上樓。房間的床還是同一張，我睡覺做夢都在上頭的窄小鐵床，旁邊是同樣的五斗櫃和盥洗架，但客廳充滿運動員特有的單調與活力；牆上掛著幾張照片，上頭是板球隊員與穿短褲的划船選手照片，角落擺著高爾夫球桿，而壁爐架上散放著飾有學院院徽的菸斗與菸草罐。在我那個年代，我們都是為了藝術而信仰藝術，因此我在壁爐架上垂著摩爾風的毯子、掛著淡綠色梳毛嗶嘰窗簾，牆上是佩魯吉諾、凡．戴克和霍貝馬畫作的複製品。

「你以前房間的藝術味很濃，對吧？」哈德森太太略帶諷刺地說。

「的確是。」我低聲說道。

我不禁感到一股辛酸湧上心頭，想起住進那房間後流逝的歲月，以及我人生經歷的一切。就是在眼前的桌子上，我吃過豐盛的早餐與簡單的晚餐、讀過醫學書籍、寫出第一本小說；就是同一張扶手椅上，我初次接觸了華茲華斯與司湯達、伊麗莎白時代劇作家與俄國小說家、吉本、博斯韋爾、伏爾泰與盧梭等人的作品。我好奇在自己搬離後，哪些人坐過這兩張椅子？醫學生、見習律師、在城市闖蕩的年輕人、從殖民地退休的長者，或因家庭破裂而被迫來此的老人？套句哈德森太太可能會說的話，這個房間令我渾身不對勁。這裡見證了許多人懷抱的希望、對未來的美好憧憬，還有年少時代的激情，有時感到悔恨、理想幻滅、心生厭世或聽天由命。太多人在這個房間經歷了喜怒哀樂等一系列情感，說也奇怪，這似乎賦予房間本身擾人又神祕的性格。不知為何，我想到站在十字路口的女人，一根手指放在唇上，回頭招手致意。我這股隱約（也相當丟臉）的感受，讓哈德森太太察覺了，因為她忽然笑出聲，又用招牌動作揉揉直挺的鼻子。

「哎呀，人實在很有趣哪，」她說：「想到我那些房客，要是把我所知道他們的私事全告訴你，包準你難以置信。真的一個比一個還有趣。有時候我躺在床上會想到笑出聲。欸，如果你無法三不五時開懷大笑一番，那這個世界就會變得很無趣。話說回來，我的房客真的太好玩了。」

13

我在哈德森太太那裡住了近兩年，才再度見到卓菲爾夫婦。當時我的生活十分規律：在醫院待一整天，六點左右步行回文森廣場，經過蘭伯斯橋時買一份《星報》，一路讀到晚餐時間；而由於當時我算是勤奮、堅定又上進的青年，還會花一、兩小時認真細讀他人作品來增進智識，接著便會寫寫小說或劇本直到就寢。不知為何，六月底左右，我恰巧提早離開醫院，心想就沿著沃霍爾橋路逛逛。我很喜歡這條路的喧囂繁忙，髒亂中帶有勃勃生氣，令人感到愉悅刺激，覺得隨時都可能會有冒險降臨。我沉浸在白日夢中漫步，忽然聽到有人叫自己的名字，詫異地停下腳步一看，發現居然是卓菲爾太太站在那裡。她對我投以微笑。

「你不認得我嗎？」

「認得，卓菲爾太太。」

雖然我已長大成人，臉頰卻仍跟十六歲時一樣紅得厲害。我感到一陣尷尬。說來可悲，我的腦袋仍有維多利亞時代誠實為上的觀念，卓菲爾夫婦從布萊克斯泰勃欠債潛逃，著實令我震驚不已。我覺得這太卑劣了，深深替他們感到羞恥，但萬萬沒想到，卓菲爾太太居然敢與知道這件可恥之事的人說話。假如是我看到她迎面走來，必定會把頭撇開，這般敏感是為了顧及她想避免被我看見的難堪。豈料她伸出手來，滿臉歡喜地跟我握了握手。

「真高興看到布萊克斯泰勃的熟面孔，」她說：「你也知道我們離開得很匆忙。」

她笑了，我也跟著笑了，但她的笑聲充滿愉悅與孩子氣，而我則笑得勉強。

「我聽說大家發現我們跑了以後，騷動了好一陣子。我就想泰德要是聽到這件事情，一定會笑個沒完。你叔叔有沒有說什麼？」

我很快就找到正確口吻來應對，才不要讓她誤以為我沒幽默感。

「喔，妳也知道他的個性，非常老古板。」

「是啊，布萊克斯泰勃就有這個通病，大家都需要搞清楚狀況。」她親切地看了我一眼，「你比我們上次見面長高好多唷。哇，還開始留起鬍子了耶。」

「對啊。」我邊說邊努力把那點鬍鬚捻了兩下，「鬍子留好久了。」

「時間過得真快，不覺得嗎？四年前你還是大男孩，現在是男人囉。」

「也應該是了。」我略帶傲慢地回答道：「我快二十一歲了。」

我盯著卓菲爾太太瞧，她頭戴裝飾著羽毛的迷你帽，身穿一件淡灰色的洋裝，有著寬大的羊腿袖與長長的裙襬，看起來十分俐落。我以前就覺得她有姣好的臉蛋，但如今才初次發覺她很漂亮，眼眸比我印象中更為湛藍、皮膚宛如象牙般白皙。

「我們就住在轉角。」她說。

「我也是。」

「我們住在琳普斯路。自從離開布萊克斯泰勃後，我們差不多都一直住在那裡。」

「是喔，我在文森廣場住了快兩年。」

「我知道你在倫敦。喬治・肯普跟我說過，我常常在想你住哪裡。要不要到我家來？泰德見到你一定會很高興。」

「也好啊。」我說。

我們邊走邊聊。她告訴我，卓菲爾現在是一家週刊的文學編輯，最近出的一本書銷量超越過去所有的作品，預計下一本書的預付版稅十分可觀。她似乎曉得布萊克斯泰勃發生的大小事，我還記得，居民都懷疑喬治爵爺幫助卓菲爾夫婦潛逃。我猜想，他應該還不時寫信給他們。我注意到，我倆在走路時，行經身旁的男人有時會盯著卓菲爾太太。我頓時明白，他們想必也覺得她很漂亮。我的步伐開始有些得意。

琳普斯路是條又長又寬的直路，平行於沃霍爾橋路，沿途房子清一色建著灰泥外牆，塗得黯淡扎實，都有寬敞的拱廊。我猜想，這些房子當初都是蓋給有身分地位的倫敦市民，但如今這條街早已破敗蕭條，或從來沒有吸引到適合的房客。體面的外表已然朽壞，散發鬼鬼祟祟又破爛放蕩的氛圍，讓人想起那些曾風光一時的人，如今在酒酣耳熱之際，大談年輕時備受尊敬的榮光。卓菲爾夫婦住在一棟漆成暗紅色的房子裡，卓菲爾太太帶我走進狹窄陰暗的走廊，打開了一扇門，接著說：「進去吧，我去跟泰德說你來了。」

她繼續沿著走廊前進，帶我進到客廳。卓菲爾夫婦住的是地下室與一樓，房東太太就住在樓上。客廳看起來活像拍賣會搜刮來的家具裝潢而成：沉甸甸的絲絨窗簾垂著大型流蘇、形形色色的環扣與結彩、一套鋪著黃錦緞的鍍金家具，上頭有許多釦子；客廳中央有一大張厚墊腳凳；還有不少鍍金收納櫃，裡面擺設著眾多小物品、陶瓷、象牙雕像、木雕、幾件印度銅器；牆上掛著大幅油畫，主題是蘇格蘭高地峽谷、雄鹿和隨從。不久，卓菲爾太太帶著先生進來，他熱情向我打招呼。他穿著破舊的羊駝外套與灰色長褲，下巴鬍子剃掉了，改成蓄起八字鬍與下唇尖尖短髭。我頭一回發覺他身材矮小，看起來卻比以前更氣宇不凡，外表顯得有點陌生。我認為，這更符合我心目中對作家的形象。

「你覺得我們的新家如何？」他問。「看起來很豪華，對不對？我覺得這會帶來信心。」

他滿意地環顧四周。

「泰德的書房在後頭，供他專心寫作，我們在地下室還有飯廳。」卓菲爾太太說道：「房東考莉小姐曾經陪伴一位貴族夫人好多年，夫人死後家具都留給了她。東西都看起來保存得很好，對吧？可見都是來自某個鄉紳的宅邸。」

「我們第一眼看到這個屋子，蘿西就愛上了。」卓菲爾說。

「你不也是嘛，泰德。」

「我們在邋遢的環境裡住了好多年，忽然間周圍都是奢侈品，轉變實在太大了，好比龐畢度夫人之類的人物。」

我告辭時，夫婦倆誠摯地邀請我下次再來。他們每週六下午都在家，許多我想認識的各路賓客都習慣挑這個時段來訪。

14

我到卓菲爾家赴了約，玩得非常盡興，後來再度前去。秋天來臨，我回到倫敦聖路克醫院上冬季課程，已養成每週六拜訪卓菲爾夫婦的習慣，這是我踏入文藝圈的敲門磚。其實我當時已在仕處忙於寫作，但絕口不對外人提起，因此百般期待認識其他也在寫作的人，入神地聽他們聊天。出席這些聚會的客人形形色色，那時幾無週末可言，打高爾夫球會遭人嘲笑，週六下午多數人幾乎無事可做。我覺得這些客人都不是名聲響亮的大人物，畢竟在卓菲爾家認識的畫家、作家和音樂家中，記不得誰的名氣歷久不衰。但現場氣氛活潑、文化氣息濃厚：年輕演員在尋找演出機會；中年歌手哀嘆英國人缺乏音樂品味；作曲家用卓菲爾的小鋼琴彈奏個人作品，又輕聲埋怨聽起來遠不如音樂會大鋼琴的效果；詩人應眾人要求，同意朗誦剛寫好的小品；畫家則尋找著藝術仲介。偶爾會出現有身分地位的人，讓聚會增添光采，但實屬罕見，因為在那個年代，貴族尚未變得浪漫不羈，若達官貴人與文藝圈往來，通常是因為離婚鬧得滿城風雨，或打牌輸了但還錢有困難，導致行走上流社交圈有些尷尬。現在這一切都已改變。國民義務教育帶給世人的一大好處，就是寫作在貴族和鄉紳階級中愈發普遍。霍勒斯．沃波爾[46]曾寫過《皇家貴族作家大全》，如今類似著作勢必會厚如百科全書。即使是名義上的貴族頭銜，都足以讓人成為知名作家。可以肯定的是，想要進入文學圈，身分地位是最方便的通行證。

我有時會想，既然上議院不久後無法避免遭廢除的命運，若法律將文學這一行僅限上議院成員及其妻兒踏入，確實是十分可行的方案，當作英國人對於貴族放棄世襲特權，做出了合乎情理的補償。文學也可幫助專注於公共事業的貴族（簡直不勝枚舉）維持生計，畢竟他們的錢都花在歌舞劇女演員、賽馬與百家樂上頭，很容易一貧如洗。文學對於天擇過程中，無能力從事任何行業，只好治理大英帝國的貴族，也不失為愉悅的消遣。但如今是專業分工的時代，若實踐我的計畫，將英國文學中不同的領域分配予不同貴族階層，必定會為其增添光采。因此我建議，較為低俗的文類應該交由低階貴族負責，男爵和子爵應該專注於新聞和戲劇創作。小說也許留給伯爵全權處理，畢竟在這項高難度技術上，他們已展現創作天賦，加上人數眾多，足以充分滿足需求。至於侯爵，可以放心讓他們鑽研所謂的「純文學作品」（我一直不懂為何有此名稱）；儘管可能不太有利可圖，但其中特質非常適合如此浪漫的頭銜。

文學的最高境界非詩莫屬，詩是文學的終點與目標，是人心的昇華、是美的結晶。詩人經過時，散文作家只能靠邊站，散文泰斗在詩人前宛如乳酪般無足輕重。詩歌創作理應交給公爵，我希望這份權利受到嚴密保障，違者重懲，因為最崇高的藝術當由最高貴的人實踐，否則天理難容。而既然這個領域也得專業化，料想公爵（像繼承亞歷山大之人）會彼此細分詩歌領域，每人都依血統與天賦僅著墨自己擅長的面向。因此，曼徹斯特公爵應寫諄諄教誨、著重倫常的詩作；西敏公爵應針對大英帝國責任與義務，寫出撼動人心的頌詩；德文郡公爵應多半寫普羅佩提烏斯[47]風格的情詩與輓歌，而馬爾堡公爵想必會用田園詩探討諸如家庭幸福、徵兵與甘於卑微地位等主題。

假如你說這有些強人所難，提醒我繆思女神不必然邁著壯闊的步伐昂首前進，有時也會輕手輕腳地神奇降臨。若你想起曾有智者說，他並不在意由誰訂定國家律法，

46 霍勒斯．沃波爾（Horace Walpole），英國作家、藝術史學家。

47 普羅佩提烏斯（Propertius），古羅馬輓歌詩人。

只要能為國家寫歌就好，因而問我誰能撥動里拉琴的節奏（沒錯，公爵並不適當），滿足人類多元又善變的靈魂偶爾之渴求？我的答案（實在明顯，我早該想到）就是公爵夫人。我曉得，如今已見不到羅馬涅的多情農夫向情人唱起托克托・塔索[48]的詩句，也聽不到漢芙萊・沃德夫人對著小阿諾德的搖籃哼唱《伊底帕斯在科羅納斯》這齣悲劇的副歌。當代的詩歌也得與時俱進。因此，我建議深居簡出的公爵夫人應該寫聖歌與兒歌，而活潑好動的公爵夫人（動輒混合葡萄葉與草莓），應該為音樂喜劇寫歌詞、替漫畫小報寫幽默詩、發想聖誕卡與餅乾上的格言。如此一來，她們就能在英國大眾的心中保有原來地位，不像過去僅憑出身高貴而備受敬重。

正是週六下午這些聚會，我才詫異地發現愛德華・卓菲爾已是名聲赫赫的人物。他寫了大約二十本書，雖然從來都沒因此賺多少錢，但外界讚譽有加。一流的書評家都大力褒揚，來訪友人也一致認為，他總有一天會獲得應有的肯定。他們齊聲怪罪社會大眾，居然沒注意到這裡有位偉大的作家，而頌揚某人最簡單的方法就是責難他人，他們大刺刺地痛批當代名氣超越卓菲爾的每位小說家。假如我當時對文學圈就有日後的理解，應該早就猜到巴頓・特拉福夫人如此頻繁來訪，足以證明愛德華・卓菲爾出頭之日必定不遠，宛如長跑比賽，從一群腳步沉重的選手中脫穎而出。我承認，卓菲爾向我介紹這位女士時，我絲毫沒把她的名字放在心上。卓菲爾介紹我是他住鄉下時結識的年輕鄰居、目前是醫學生。她朝我甜甜一笑，輕柔地說了幾句有關湯姆·索耶[49]的話，接過我遞給她的奶油麵包，便繼續跟卓菲爾談話。但我注意到，她的來訪影響了在場的人，原本歡鬧的對話變得靜悄悄。我低聲向別人問起她的身分時，對方十分吃驚於我如此無知——原來，巴頓·特拉福夫人「造就」了好幾位名作家。半小時後，她站起身來，溫柔地與所有剛認識的人握了握手，輕巧又體貼地側身走了出去。卓菲爾送她到大門口，扶她坐上雙輪馬車。

當時巴頓·特拉福夫人年約五十歲，身材瘦小、五官偌大，這讓頭部看上去太大，與身體不成比例。她有一頭俐落的白髮，髮型梳得宛如米洛的維納斯，年輕時想必姿色秀麗。她穿著得體，身上是黑色絲綢，頸部戴一串珠子貝殼編成的項鍊，叮噹作響。據說，她早年婚姻並不美滿，但如今已與巴頓·特拉福幸福結縭多年；巴頓在內政部任職，是史前人類研究領域的權威。說也奇怪，她彷彿渾身沒有骨頭，似乎你

48 托克托·塔索（Torquato Tasso），十六世紀義大利詩人。
49 湯姆·索耶，馬克·吐溫筆下《湯姆歷險記》主角。

捏她的小腿（當然，出於自身對女性的尊重，以及她文靜端莊的外貌，我絕不容許自己踰矩），手指就會碰在一起。你握著她的手時，猶如握著一塊龍脷魚片。她臉上五官偌大，卻有流動變化的感覺。她坐下時好像沒有脊椎，宛如一塊塞滿天鵝絨的昂貴靠墊。

她的一切都如此柔和，無論是聲音、笑靨、笑聲；她有著青灰色的小巧眼眸，如同花朵般柔和，舉止宛如夏季的毛毛雨。正是這般脫俗又迷人的特色，讓她成為難能可貴的朋友，獲得今日的知名度。數年前，那位無人不曉的偉大小說家過世，全世界一片譁然。凡是說英語的民族，都知道特拉福夫人與這位小說家的友誼深厚。小說家去世不久後，她在旁人勸說下公開了小說家寫來的無數書信，世人至今都已讀過，每頁都流露出小說家有多麼欣賞她的美貌、重視她的眼光，對於她的鼓勵、支持、圓融與品味更是有說不盡的感激。有些讀者可能心想，巴頓．特拉福先生讀到信中洋溢的熱情時想必五味雜陳，可是這反而憑添作品的人味。但巴頓．特拉福先生絲毫不受凡夫俗子的偏見影響（他的不幸——若這是一種不幸——無異於史上偉人以哲思來度過的不幸），還放下奧瑞納文化燧石與新石器時代斧頭的研究，答應撰寫已逝小說家的傳記，其中語帶肯定地表示，該小說家展現的天才絕大部分得歸功於特拉福夫人的影響。

但巴頓．特拉福夫人對文學的喜好、對藝術的熱情依舊，儘管受她恩惠良多的小說家友人已留存後世子孫的記憶中（這也多虧了她大力協助）。她愛好閱讀，絕不錯過任何值得關注的作品，也很快跟潛力十足的年輕作家交好。她的名望如日中天，那本傳記出版後更是如此，因此確信只要自己表達支持，任何人都會毫不猶豫地接受。巴頓．特拉福夫人高明的交友手腕，只要時機成熟都能適當發揮。每當她讀到打動自己的作品時，本身也是出色書評家的巴頓．特拉福先生，就會寫封文情並茂的信，表達對該作家的讚賞，同時邀請對方共進午餐。餐後，特拉福先生往往得趕回內政部，便留作家與特拉福夫人聊天。許多作家受邀前往，每個人都有某種特質，但光有特質還不夠。巴頓．特拉福夫人擁有「好眼光」，她相信自己的眼光，因此願意等待。

她總是萬般小心，因此差點就錯過挖掘賈斯伯．吉本斯的機會。史有明鑑，部分作家一夕成名，但當今的時代比較謹慎，瞬間竄紅是聞所未聞。書評家想觀察一下情勢，而廣大讀者又經常上當受騙，自然不敢冒不必要的風險。但就賈斯伯．吉本斯的例子而言，他真的是幾乎一夕成名，而對照現在他已完全遭世人遺忘，當初首部詩集造成的轟動教人難以置信。曾褒揚吉本斯的書評家莫不想收回當初的讚美，但這些美言都妥善保存在無數報社的檔案中。想當初，重要報刊都用巨大篇幅登出詩集的評論，彷彿在報導職業拳擊賽；影響力卓著的書評家，爭先恐後地替他抬轎，把他比作彌爾頓（因為無韻詩鏗鏘有力）、比作濟慈（因為感官意象豐富）、比作雪萊（因為虛無縹緲的幻想）。書評家利用他來打擊令人生厭的偶像，以他的名義狠狠地把丁尼生爵爺削瘦的屁股抽得響亮，也在羅伯特·布朗寧的禿頭使勁地敲了幾下。廣大讀者悉數拜倒，宛如耶利哥[50]的城牆般傾塌。詩集賣了一版又一版，無論是在倫敦梅菲爾區的伯爵夫人閨房，南到蘭茲角、北至約翰·奧格羅茨的牧師家客廳，以及格拉斯哥、亞伯丁和貝爾法斯特等地具文化素養的誠實商人起居室，都看得到賈斯伯·吉本斯裝幀精美的詩集。維多利亞女王從忠心耿耿的出版社手中獲得一本特別裝訂的詩集，同時回贈一本自己的《蘇格蘭高地日記散葉》（並非給吉本斯本人，而是出版社代收），舉國上下更為之瘋狂。

這一切彷彿在眨眼間發生。希臘有七座城市設法取得荷馬出生地的殊榮，而賈斯伯·吉本斯的出生地（沃爾索爾）固然眾所周知，卻有十四位書評家聲稱自己是挖掘吉本斯的人。聲譽卓著的文學評論家二十年來吹捧彼此的作品，如今卻在週報上言辭激烈交鋒，即使在私人文藝俱樂部也把對方當空氣。達官顯貴對賈斯伯·吉本斯的賞識也沒少過，包括守寡的公爵遺孀、主教夫人與內閣大臣夫人都曾邀他共進午宴與出席茶會。據說，哈里森・安斯沃斯是首位受到英國上流社會平等對待的文人（我有時很納悶，出版社若有商業頭腦，早該想到出版他的作品全集）。但我相信，賈斯伯・吉本斯是首位名字印在邀請卡下方的詩人，藉此用來吸引歌劇明星或腹語演員出席自家聚會。

當時，巴頓・特拉福夫人根本不可能取得先機，只能在公開的市場進行交易。不曉得她施展哪些錦囊妙計、運用什麼神奇手腕、展現何種溫柔與體貼，或含蓄說了哪些甜言蜜語，我僅能從旁推敲，讚歎不已：她成功收服了賈斯伯・吉本斯。過沒多久，吉本斯就對她言聽計從，實在厲害。特拉福夫人讓他與身分合適的人共進午餐；她不時舉辦家中聚會，他得以在英國達官貴人面前朗誦詩作；她把他介紹給知名演員認識，讓他們委託他寫劇本；她確保他的作品只登在適當的刊物中；她與出版社打交道，幫他洽談合約，內容即使內閣大臣也會詫異；她確保所有他的邀約都得經過她的

50 耶利哥（Jericho），舊約聖經記載，以色列人繞行該城七次，祭司吹號角、人民呼喊後，城牆便應聲倒塌。

同意；她甚至要他與幸福結縭十年的妻子分開，因為覺得詩人得忠於自我，藝術不應受到家庭拖累。後來吉本斯一敗塗地時，巴頓．特拉福夫人大可說自己已為他盡心竭力。

結果真的一敗塗地。賈斯伯．吉本斯出版了另一本詩集，跟前作比起來不好不壞，相似度極高。這本詩集受到重視，但書評家的態度有所保留，部分甚至挑剔批評。詩集不符期待，銷量也令人失望。不幸的是，賈斯伯．吉本斯染上酗酒的毛病。他以前從不習慣有錢可花，也不習慣別人給予的豪奢娛樂，也許思念起平凡樸實的妻子。有一、兩次，他來到巴頓．特拉福夫人家中吃飯，凡是不若她那般老練世故、心思單純的人，都會說他根本是爛醉如泥。特拉福夫人溫和地對客人說，詩人當晚狀況不太好。吉本斯的第三本書是完完全全的跌股。他被書評家抨擊得體無完膚，狠狠地被批鬥踩踏，套用愛德華．卓菲爾的最愛歌曲，就是被甩得滿屋轉、重重地打臉。他們當然惱怒不已，畢竟誤把油腔滑調的打油詩人，當成永世不朽的大詩聖，打定主意要他承擔自己的錯誤。後來賈斯伯．吉本斯在皮卡迪利因為酒醉和擾亂治安被捕。巴頓．特拉福先生還不得不大半夜到維恩街把他保釋出來。

在這個節骨眼上，巴頓．特拉福夫人表現得無懈可擊，既沒有哀怨不滿，也沒有語帶刻薄。假如她懷有一絲怨恨也情有可原，畢竟自己為這男人盡心盡力，對方卻辜負她的期待。她一如既往地溫柔、和氣又從旁支持，是明白事理的女人。她放棄吉本斯了，但不像甩掉燙手山芋，而是極盡溫和之能事，輕柔得宛如她的淚水，因為她凡是鐵了心要做有違本性的事都會落淚。她放棄起來圓融得體、滿懷感性，就連賈斯伯・吉本斯也許也渾然不覺。但這確實毋庸置疑。她絕不會說他的壞話，應該說連提都不提。每當有人提起他時，她也僅略帶傷感地微笑，隨即嘆了口氣。但微笑是致命一擊，嘆息則把他深深埋葬。

巴頓・特拉福夫人對文學的熱情無比真摯，不會因為遭到這個挫折就灰心喪志。她即使大失所望，基於無私的本性，絕不會荒廢自己與生俱來的圓滑手腕、同情心與領悟力。她繼續在文學圈交際應酬，到處參加茶會、晚宴或家中聚會，依然魅力十足、溫柔婉約，同理地傾聽，卻也謹慎思辨，鐵了心（容我說得直接）下次要壓對寶。就在那時，她認識了愛德華・卓菲爾，高度賞識他的才華。卓菲爾的確不年輕，但不太可能像賈斯伯・吉本斯那樣身敗名裂。於是特拉福夫人主動跟他交好，以她獨有的溫柔語氣說他的著作如此細膩，居然僅有少數人知曉，簡直荒唐到家。這聽在卓菲爾耳中為之動容，喜出望外又受寵若驚，畢竟自己的天才受到他人肯定，總是值得高興。夫人告訴他，特拉福先生正在考慮以他為題，寫一篇重要文章刊登在《季評》上。她邀請卓菲爾共進午宴，認識可能提攜他的人士，希望他結交智識相近的朋友。有時，她帶他到卻爾西河堤散步，兩人談論著已逝的詩人、愛情與友誼，隨後到ABC茶餐廳用茶。巴頓．特拉福夫人週六下午來到琳普斯路時，舉手投足儼然像隻女王蜂，正為婚飛配對做足準備。

她對卓菲爾太太的態度無可挑剔，十分和善卻不高高在上，每每必定感謝卓菲爾太太允許她來造訪，並讚美她的容貌出眾。若夫人在她面前稱許愛德華，略帶羨慕地說有如此厲害的男人相伴真是莫大榮幸，自然也是一片善意，而非因為她明白要徹底激怒作家的妻子，就是由其他女人稱讚自己的丈夫。她與卓菲爾太太都是聊單純的話題，像是煮飯、傭人、愛德華的健康與細心照顧丈夫等等，都是卓菲爾太太單純本性可能會有興趣的事。不出意料的是，巴頓．特拉福夫人對待她的方式，正是出身名門的蘇格蘭女性對前酒吧女服務生的態度（才華出眾的文人卻不幸與她結了婚）。特拉福夫人溫和有禮、輕鬆逗趣，盡量不讓她感到拘束。

說也奇怪，蘿西就是受不了她。巴頓．特拉福夫人可說是就我所知中，她唯一不喜歡的人。在那個年代，「賤貨」和「天殺的」等詞彙就連酒吧女服務生也不常掛在嘴邊，卻成為當今上流年輕女性的流行語，而且我從來沒聽蘿西說出會令蘇菲嬌嬌吃驚的話語，甚至只要有人說了略帶下流的故事，她便會滿臉漲紅。但她提到巴頓．特拉福夫人，卻稱她是「那隻該死的老太婆」。她的好友們都得極力勸說，她才會對夫人客氣一些。

「別傻了，蘿西。」他們都叫她蘿西，而我雖然不好意思，但沒多久也習慣用這個稱呼。「只要特拉福夫人願意的話，就可以提拔他，所以他一定得討好她才行。真要說起來，只有她這麼有辦法。」

儘管卓菲爾夫婦家的客人多半是偶爾來訪，譬如隔兩、三週來一次，但其中有一小群人（包括我）幾乎每週報到，可謂固定班底，往往早到晚走，而其中出席最勤勞的當屬昆汀．福德、哈利．瑞佛和萊昂內．希里爾。

昆汀．福德的身材矮矮胖胖，有著後來電影中大受推崇的漂亮頭型，鼻子直挺挺、眼眸漂亮、白短髮修得整整齊齊，蓄著黑色八字鬍；若他再高個四、五吋，就會是灑狗血劇情片裡的典型反派。他是出了名地「人脈很廣」，而且家境富裕，唯一工作就是陶冶藝術，還有出席每齣戲首晚演出與每場私人預展。他具有業餘人士的嚴厲眼光，對於當代作品都抱持禮貌卻又不屑的蔑視。我發現，他來找卓菲爾夫婦並非因為愛德華的文學天賦，而是受到蘿西的美貌吸引。

如今回想此事，我實在大感震驚，當初再明顯不過的事，我居然需要別人告知才曉得。我剛認識蘿西時，從來沒思考過她究竟是美是醜。隔五年再度見到她，我首次發覺她長得非常漂亮，雖然覺得很有意思，但也沒費心多想，只當作是一種自然規律，宛如北海或特坎伯里大教堂塔樓上落日般理所當然。我聽到有人說到蘿西的美貌時，著實吃了一驚，他們向愛德華稱讚起蘿西的外表，愛德華的目光在她身上停留片刻，我也朝著同一方向看去。萊昂內・希里爾是位畫家，請蘿西當他的模特兒。在談到心目中的那幅畫時，他說了自己在蘿西身上看到的特質，我卻聽得一頭霧水，滿臉困惑且毫無頭緒。哈利・瑞佛認識那個時期一位時尚攝影師，談妥特別條件後，便帶著蘿西去找他拍照。一、兩週後樣片出來了，我們都看了成品。我從來沒見過蘿西穿晚禮服，照片中她穿著白緞禮服，有著曳長的裙襬、蓬鬆的袖子與低胸的領口，頭髮比平常梳得更精美。她看起來迥異於當初我在歡樂巷見到的年輕強健女子，那時她身穿漿過的襯衫、頭戴船夫帽。但萊昂內・希里爾不耐地把照片扔到一邊。

「拍得醜死了，」他說：「蘿西的照片又能呈現出什麼？她最特別的就是膚色啊。」他轉頭看著她，「蘿西，難道妳不曉得自己的膚色是當代的偉大奇蹟嗎？」

她一語不發地看著他，沒有吭聲，但豐滿的紅唇綻出孩子般的淘氣微笑。

「但願我能呈現出來一點點，這樣一輩子就不愁吃穿了，」他說：「那些有錢的股票經紀人太太，都會跪求我把她們畫得像妳一樣。」

不久後，我得知蘿西真的去當希里爾的模特兒了。我從來沒去過畫家的工作室，只把那裡當成情愛萌芽的搖籃，便問能否找天去看他畫的如何。希里爾卻說不想讓任何人欣賞。三十五歲的他，外表打扮得時髦亮眼，活像凡・戴克的肖像畫人物，只是少了超凡的氣質，多了親和力。他略高於一般人、身形瘦長，有頭濃密的黑髮，蓄著飄逸的八字鬍，下巴也留有尖尖的鬍髭，很愛戴寬邊草帽和西班牙披風。他曾在巴黎居住多年，常語帶仰慕地聊著法國畫家莫內、希斯里、雷諾瓦等我們沒聽過的名字，卻瞧不起我們推崇的佛雷德里克・雷頓、阿爾瑪・塔德馬和沃茨等英國畫家。至今，我常常在想他後來怎樣了。他在倫敦仵了幾年，想闖出一番名堂，但大概失敗收場，才漂泊到佛羅倫斯。聽說他創辦了一間繪畫學校，但多年後我碰巧前往佛羅倫斯，四處打聽他的下落，卻沒有人聽過他的名字。我想他必定有些天分，畢竟至今我都清晰記得他為蘿西・卓菲爾所畫的肖像，不禁好奇那幅畫的命運，究竟是已遭摧毀殆盡，還是藏在卻爾西某家舊貨店閣樓中面壁呢？我覺得，這幅畫應該至少掛在某個當地畫廊的牆上。

後來，希里爾終於答應讓我去看畫時，我當場尷尬到無地自容。希里爾的工作室位於富勒姆路，就在一整排商店後方，得穿越一條又黑又臭的通道。當天是三月週日下午，晴空湛藍，我從文森廣場穿過一條條杳無人煙的街道。希里爾就住在工作室裡，睡在一張長沙發上，後方還有個小房間，是他準備早餐、洗畫筆大概也洗澡的地方。

我抵達時，蘿西仍穿著作畫用的洋裝，兩人正在喝茶。希里爾幫我開門，拉著我的手，一塊走到巨大畫布前面。

「就在這裡。」他說。

他畫了蘿西的全身像，略小於真人身高。畫中的她身穿白絲晚禮服，截然不同於我習於看到的學院派肖像畫。我不知道該說什麼才好，便說出腦中閃過的第一個念頭。

「什麼時候會畫好？」

「已經畫好啦。」他回答。

我整張臉立即漲紅，覺得自己是徹頭徹尾的蠢蛋。當時，我尚未習得點評當代畫家作品的技巧，不像現在對此游刃有餘。若不是在此並不適合，我其實可以寫篇簡明扼要的指南，讓繪畫的業餘人士也能應對創作本能的多元表現方式，藝術家聽了也會滿意。舉例來說，若要肯定無情現實主義派的力量，可以強烈呼喊「天哪」；若眼前是市政官遺孀的彩色照片，為了掩飾自己的尷尬，不妨用「這實在太真實了」；若要對後印象派表示讚賞，可以低聲吹口哨；若要表達對立體派的感想就說「太有趣了」；另外「噢！」可以表現內心的震撼，「啊！」則反映美到無法呼吸。

「畫得很像。」我當時只給出如此無力的回應。

希里爾說：「你覺得缺少傳統的美感吧？」

「我覺得棒透了。」我迅速回應，為自己辯護，「你要送到皇家藝術學院嗎？」

「老天，才不要！我可能會送到格羅夫納去。」

我看了看這幅畫，又瞧了瞧蘿西，再回頭看這幅畫。

「擺好姿勢，蘿西，」希里爾說：「讓他看看妳。」

蘿西站起身子，走到模特台上。我仔細觀看著她與圖畫，內心漾起詭異的感覺，彷彿有人拿把鋒利刀子輕輕插進心頭，但絲毫不難受，痛歸痛又出奇地愉悅，忽然間我感到雙膝發軟。但如今，我已分不清記憶中的究竟是蘿西本人還是她的肖像畫，因為每當我想到她，腦海已不是初次見面的襯衫和船夫帽，也不是當時或後來的扮相，而是希里爾畫中的白絲禮服，戴著黑天鵝絨的蝴蝶結，擺出希里爾指定的姿勢。

我先前一直不確定蘿西的確切年齡，盡力推算後，當時她想必三十五歲，但外表看不出來，因為她臉上沒有半點皺紋，皮膚又像小孩一樣光滑。我覺得她的五官不太端正，少了市售照片中上流名媛的貴氣脫俗，反而輪廓不大分明。她的短鼻偏粗、雙眼略小，嘴巴頗大，但眼眸呈現藍矢車菊的色彩，與紅潤性感的嘴唇都透露出笑意，她的笑靨是我見過最歡愉、甜美又親切的表情。她生來就一副陰鬱的模樣，但微笑時陰鬱瞬間變得魅力無限。她的臉上少了血色，而帶著極淺的棕色，僅眼下泛著一抹淡藍。她淡金色的頭髮盤成時下新潮的髮型，留著一綹梳得精巧的瀏海。

「畫她真的是難到不行。」希里爾邊說邊來回看著蘿西與肖像畫，「你看看，她的臉和頭髮都是金色，卻沒有給人金色的印象，反而是銀色的感覺。」

我懂他的意思。她散發著光芒，但不是像刺眼的陽光，而是淡白的月光，即使要比喻成太陽，也是黎明白霧中的陽光。希里爾把她置於畫布中央：她站在那裡，雙臂垂在身體兩側，手心朝著觀者，頭略微後仰，姿態凸顯了如珍珠般美麗的胸頸。她就像謝幕的女演員站著，被意料之外的掌聲弄得糊塗，但她散發著無比純潔的特質，帶著春天的纖細輕巧，因此女演員的類比又顯得荒謬。眼前的女人自然淳樸，全然不懂何謂油彩或腳燈。她像易於墜入愛河的少女，毫無心機地獻身於戀人的懷抱，以實踐造物主的旨意。她這一代女性並不懼怕豐腴的線條：她的身材苗條，但雙胸豐滿、臀部輪廓分明。後來，巴頓·特拉福夫人看到這幅畫時，只說她不禁想起獻祭的小母牛。

15

愛德華·卓菲爾固定晚上工作，蘿西閒來無事便樂於找個朋友出門。她喜歡奢華的生活，而昆汀·福德最不缺錢，每每租馬車去接她，帶她到凱特納或薩佛伊飯店吃飯，她也會為此穿上華麗的行頭。哈利·瑞佛身上沒半毛錢卻愛擺闊，都用雙輪馬車帶蘿西到處晃悠，還請她到羅馬諾或蘇活區幾家愈發新潮的小餐館吃飯。他是一名演員，腦筋動得很快，但很難找到合適的角色，所以經常沒工作可幹。當時他三十歲左右，其貌不揚但頗為討喜，清脆的嗓音聽來相當逗趣。蘿西就喜歡他天不怕地不怕的人生態度：身穿倫敦高級裁縫師訂製衣卻沒付錢的踐樣、沒錢還硬要押五鎊玩賽馬的莽撞，還有僥倖贏錢後揮霍無度的豪爽。他生性樂天有魅力、虛榮又愛吹噓，而且做事無所顧忌。蘿西告訴我，有次他典當了自己的手錶，只為了請她出去吃飯。兩人隨後去看劇，門票是演員經理所贈，他又向經理借了兩英鎊，好在演出結束後，邀他一同用晚餐。

但她也同樣樂於跟萊昂內・希里爾到他的工作室，吃著兩人合煮的排骨肉，再聊天聊一整晚。至於與我則是難得才跟她一起吃飯。我以前常在文森廣場吃了晚餐後去接她，她則與卓菲爾在家用完餐，我們再搭巴士前往歌舞劇場。我們會去不同的歌舞劇場，諸如帕維利恩、提沃利，若有我們想看的表演，也不排斥偶爾去大都會劇場，但我們的首選是坎特伯里劇場，門票便宜且表演上乘。我們點兩杯啤酒，我抽著菸斗，蘿西則開心地環顧四周，看著煙霧繚繞的陰暗劇場內，簡直要被倫敦南區居民擠爆了。

「我很喜歡坎特伯里劇場，」她說：「很有家的感覺。」

我發現她喜愛閱讀，尤其對歷史興趣濃厚，但只偏好特定類型的歷史，像是女王和貴族情婦的生活，她都會宛如孩子般驚奇地說起讀到的稀奇古怪史實。她非常熟悉亨利八世六位妻妾的身世，對於菲絲赫伯特太太[51]和漢密爾頓太太[52]的情史也是無所不知。她閱讀的胃口大得驚人，舉凡露克蕾琪亞・波吉亞[53]和西班牙國王菲利普的妻妾

---

51 菲絲赫伯特太太，十八世紀英國攝政王儲（即喬治四世）情人，兩人違反規定祕密結婚。
52 漢密爾頓太太，十八世紀英國海軍上將納爾森的情婦。
53 露克蕾琪亞・波吉亞，十五世紀教宗亞歷山大六世與情婦的女兒，多次改嫁。

生平都有涉獵，對法國王室情婦的一長串名單也瞭若指掌，從阿涅絲·索雷[54]到杜巴麗夫人[55]。

「我就愛看真實的人事物，」她說：「不太喜歡看小說。」

她動輒提起布萊克斯泰勃的八卦流言，我想正是因為我在那裡長大，她才喜歡找我出來。她似乎曉得那裡發生的一切。

「我大概每兩個星期會回去探望我媽，」她說：「只待一個晚上。」

「回布萊克斯泰勃嗎？」

我十分訝異。

「不是，才不是回布萊克斯泰勃，」蘿西笑著說：「我現在還不想回那個地方。我是去哈瓦山姆，在以前工作的旅館落腳，我媽再來跟我碰面。」

她向來不算是健談的人。只要夜晚天氣舒適，我們常會看完歌舞劇場的表演後走回去，路上她都一語不發。但這番沉默令人感到親近又自在，不會因此被排除在她的思緒之外，反而也沉浸於滿足的氛圍中。

有一次我向萊昂內·希里爾談起蘿西，說不明白她何以從布萊克斯泰勃那位清新的年輕少婦，成為現在姿色受到大眾認可的美人。（有人會語帶保留地說：「她的身材確實很好，可是不是我個人欣賞的臉蛋。」還有人說：「是呀，漂亮歸漂亮，可惜少了真正出眾的特色。」）

「我馬上就能解釋給你聽，」萊昂內．希里爾說：「你第一次見到她的時候，她只是個清新又豐滿的丫頭，是我把她變美了。」

我忘了自己回答什麼，只知道十分不雅。

「好吧，這只代表你不懂美的真諦。以前沒有人覺得蘿西外貌出色，只有我看到她像太陽一樣閃耀著光芒。我畫了這幅肖像之後，大家才明白原來她的頭髮是世界上最漂亮的東西。」

「那也是你造就了她的脖子、乳房、儀態、骨架嗎？」我問。

「那是當然，他媽的，這都是我的功勞。」

希里爾當著蘿西的面說起她時，蘿西總是面帶微笑、神情認真地聆聽，蒼白的面頰泛起紅暈。我想，起初希里爾說起蘿西的美貌，她大概以為他在開她玩笑，後來發

---

54 阿涅絲．索雷，十五世紀法國國王查理七世的情婦，號稱法國史上最美的女人。

55 杜巴麗夫人，十八世紀法國國王路易十五的最後一任情婦。

現他語帶認真，還畫上閃爍的金色光輝時，她也沒有受到太大的影響，只覺得有點逗趣，內心當然也歡喜又略感吃驚，但這並沒有讓她得意忘形。她認為希里爾有點瘋顛瘋顛的。我常常會好奇，他們之間是否有些情愫。我忘不了過去在布萊克斯泰勃聽到關於蘿西的謠言，也還記得在叔叔家花園看到的那一幕。我也會思忖她與昆汀・福德、哈利・瑞佛的關係。我以往習慣觀察她與這些人的互動。蘿西跟他們不算熟識，比較像單純朋友。她經常當著別人的面，公開與他們安排邀約。她望著他們時，臉上都掛著招牌的微笑，一種孩子般的淘氣，我後來才發覺，那微笑蘊藏著神祕的美感。有時，我們並坐在歌舞劇場中，我看著她的臉龐，心想自己並沒有愛上她，只是喜歡靜靜坐在她身邊，看著她那淡金色的秀髮與肌膚。萊昂內・希里爾說得沒錯，而奇怪的是，這般淡金的色彩確實帶來宛如月光的奇異之感。她身上散發的寧靜，一如夏天傍晚時分，光線從清朗天空中慢慢褪去。她那泰然自若的神色中，絲毫沒有半點沉悶，反而生氣蓬勃，像是八月陽光下，肯特郡沿岸波光粼粼的平靜海面。我不禁想起一位義大利老作曲家的小奏鳴曲，傷感情懷的旋律中帶有文雅的不羈、輕快洋溢的愉悅中迴盪顫抖的歎息。有時，她感受到我的目光，就會轉過身來直盯著我的臉瞧，默不作聲，我也無從得知她的思緒。

我記得有一次到琳普斯路接她，女傭說她還沒準備好，請我在客廳稍候。不久她走了進來，身穿一襲黑絲絨，頭戴飾有鴕鳥羽毛的花闊邊帽（我們當晚要去帕維利恩劇場，她就是為此精心打扮），看起來真是美極了，令我不禁屏息，吃驚到愣在原地。那年代的衣服賦予女人尊貴的姿態，而她的純潔之美（她有時看似那不勒斯博物館裡絕美的賽姬雕像）在莊重禮服的襯托下更是魅力無法擋。她散發出在我看來極其罕見的特質：雙眼下方的淡藍皮膚宛如受到露水滋潤。我有時實在對她的天生麗質難以置信，有次還問她是否在眼下塗了凡士林，畢竟凡士林有此效果。她揚起微笑，拿了一塊手帕遞給我。

「你自己確認囉。」她說。

後來某天晚上，我們從坎特伯里劇場走回家。我送她到家門口準備離開，但就在伸出手要告別時，她輕笑出聲，探過身子說：「大傻瓜耶你。」

她吻了我的唇，不慌不忙、不帶熱情。她的嘴唇飽滿紅潤，在我的唇上停留夠久，足以讓我感受其形狀、溫暖與柔軟。她不疾不徐地撇開嘴，一聲不響地推開門便溜了進去，留我一人站在門口。我嚇得說不出話，就這樣傻憨憨地接受她的吻。我依然呆若木雞，轉身走回住處，耳邊似乎還迴盪著蘿西的笑聲，不帶一絲輕蔑、也不令人受傷，而是充滿了坦率與深情，彷彿是因為喜歡我才笑。

16

接下來超過一週，我都沒再跟蘿西出去。她要到哈瓦山姆陪母親一個晚上，還要參加倫敦的許多應酬。後來，她問我願不願意陪她到海馬克特劇場看表演。那齣戲大受歡迎，無法免費入場，所以我們決定選舞台下方的位子。我們在莫尼可咖啡館吃完牛排、喝了啤酒，隨後就站在人群中。那個年代還沒有依序排隊入場的習慣，劇場大門一打開，觀眾就一窩蜂地向前衝，爭先恐後地進入劇院。我們好不容易推擠到自己的座位，兩人都已熱到不行、氣喘吁吁，有點筋疲力竭了。

我們穿過聖詹姆斯公園往回走。當晚天氣舒適，我們在一條長凳坐了下來。蘿西的臉龐與她的金髮在星光下熠熠生輝。她渾身散發著既坦誠又溫柔的親切感（我表達得很拙劣，但真的不知道該如何描述這種感受）。她就像夜晚的銀色花朵，只把芬芳獻給月光。我悄悄摟住她的腰，她轉頭面對我。這次，是我主動湊上去吻她。她沒有移動，那對柔軟的紅唇接受了我嘴唇的力道，被動中交雜著平靜與熱烈，就像湖水承接月光。我已忘了我們在那裡待了多久。

「我餓死了。」她忽然開口說。

「我也是。」我笑著說。

「我們要不要找個地方吃點炸魚薯條？」

「好啊。」

當時，西敏一帶尚未成為國會議員等文人雅士集中的高級時尚地段，而是破破爛爛的貧民窟，我對那裡熟門熟路。走出公園、穿越維多利亞街後，我帶著蘿西來到霍斯費里路上一家炸魚店。天色已暗，除了我們以外，只有一輛四輪馬車車夫在外頭等候。我們點了炸魚薯條與一瓶啤酒，一名看似貧窮的女人走進來，買了兩便士的碎魚碎薯，包在一張紙裡外帶。我們吃得津津有味。

回蘿西家的路上，剛好穿越文森廣場，經過我的住處時，我問她：「要不要進來我家坐坐？妳還沒參觀過我的房間。」

「你的房東太太呢？我可不想給你添麻煩。」

「她睡死了。」

「那我就參觀一下囉。」

我輕輕把鑰匙插進孔中開門，而因為走廊一片漆黑，我便牽著蘿西的手幫她帶路。我點燃了客廳的煤氣燈，她脫下帽子，用力搔了頭幾下，接著開始尋找鏡子。但我很重視整體美感，先前已取下壁爐架上的鏡子，現在房間裡沒東西可以讓人檢視自己的儀容。

「來我房間吧，」我說：「那裡有一面鏡子。」

我打開門，點好蠟燭，蘿西跟了進來。我把蠟燭舉起來，方便她看到自己的模樣。她整理頭髮時，我看著鏡子裡的她。她取下兩、三根髮夾，銜在嘴裡，又拿起一把我的梳子，順著後頸往上梳，再把頭髮盤起拍兩下，然後別起髮夾。她專注於整理頭髮時，視線與我在鏡中交會，朝我投以微笑。她別好最後一根髮夾後，轉過頭來面對我，不發一語，靜靜地看著我，藍眼眸透露親切的笑意，我放下了蠟燭。房間很小，床邊就是梳妝台。她舉起手，輕輕撫摸起我的臉頰。

行文至此，我真後悔當初動筆使用第一人稱單數。若能把自己描述得友好親切或感動人心自然很好，而凡是展現英勇人物的謙遜，或幽默角色的可悲，第一人稱單數的效果最好。自我書寫的迷人之處，在於見證讀者睫毛閃著晶瑩淚珠、嘴唇揚起淺淺微笑。但若不得不赤裸裸呈現自己蠢斃的模樣，那可就不妙了。

不久前，我在《倫敦標準晚報》讀到伊夫林．沃[56]先生的文章，主張用第一人稱寫小說應受唾棄，可惜他沒有多加說明理由，因此簡直像歐幾里得提出著名的平行線理論——漫不經心地拋出命題，無視社會是否接受。我讀了十分憂心，立即要歐洛伊．基爾（他無所不讀，就連他寫序的書也讀）推薦幾本探討小說藝術的作品。根據他的建議，我讀了波西．盧伯克[57]先生的《小說技藝》，得知寫小說的不二法門就是效法亨利．詹姆斯；接著，我又讀了佛斯特先生的《小說面面觀》，從中了解寫小說的唯一方法就是學習佛斯特先生；我又讀了埃德溫．繆爾[58]先生的《小說結構》，卻沒有任何收穫。我在這些書中都沒找到問題的答案。儘管如此，我還是可以找到一項原因，足以說明為何部分小說家運用伊夫林．沃先生所譴責的第一人稱敘事手法，譬如笛福[59]、斯特恩[60]、薩克雷、狄更斯、艾蜜莉．勃朗特和普魯斯特，都在各自的時代頗負盛名，如今卻早已遭人遺忘。隨著年齡增長，我們愈來愈意識到人類的複雜、矛盾和不可理喻，於是中老年作家以此為唯一藉口，不把思緒專注於更嚴肅的議題，而是忙著刻畫虛構人物的瑣碎日常。畢竟若探討人性得從人切入，明智之舉顯然是把力氣花在前後連貫、形象具體又有象徵意義的小說人物上，而非不通情理、飄忽不定的現實人物。有時，小說家自覺像上帝一樣，準備好描述筆下人物的一切，有時卻反過來，不採取全知的觀點，改為描述自己所知點滴。既然年紀愈大愈不認為自己像上帝，小說家歲數愈長愈容易局限於自我生命經驗，自然也就不令人意外。第一人稱單數極為適合達成這項有限目的。

蘿西舉起手，輕撫我的臉。我不知道當時怎麼了，完全無法想像自己在此情況下會出現這種窘態：緊繃的喉嚨發出啜泣聲，而不曉得是因為害羞、孤單（並非身體的孤單，畢竟我整天在醫院跟各種各樣的人打交道，而是精神的孤單），還是因為欲望太過強烈，我居然哭了起來。當時我只感到非常羞恥，努力想控制自己卻沒辦法，淚水不斷湧出眼眶，順著臉頰流了下來。蘿西見狀，倒抽了一口氣。

「噢，親愛的，怎麼啦？發生什麼事了？別哭別哭！」

---

56 伊夫林・沃（Evelyn Waugh），英國小說家、傳記及旅行書寫作家，也是一名多產的記者和書評人。

57 波西・盧伯克（Percy Lubbock），英國文人，以散文、評論和傳記文學聞名。他的《小說技藝》（*The Craft of Fiction*）在一九二〇年代影響深遠。

58 埃德溫・繆爾（Edwin Muir），蘇格蘭詩人、小說家和翻譯家。

59 丹尼爾・笛福（Daniel Defoe），英國小說家、新聞記者，以《魯賓遜漂流記》、《大疫年紀事》等作品聞名於世，被視作英國小說的開創者之一。

60 勞倫斯・斯特恩（Laurence Sterne），英國感傷主義小說家，以《項狄傳》聞名。

她摟著我的脖子，一同哭了起來，接著親吻我的嘴唇、眼睛和濕潤的雙頰。她解開自己的胸衣，把我的頭倚著她的胸口，撫摸著我光滑的臉龐。她輕輕搖著我，彷彿我是她懷中的嬰孩。我吻著她的乳房、吻著她潔白的頸部。她隨即脫掉了上衣、裙子和襯裙，我摟著她的束腰好一會。接著她屏住呼吸以解開束腰，僅穿著寬鬆內衣站在我面前。我把手放在她身子兩側時，感受得到皮膚被束腹壓出的紋路。

「把蠟燭吹熄吧。」她輕聲說。

黎明的陽光穿透窗簾，映照出殘夜中床鋪與衣櫃的輪廓。她吻著我的嘴唇把我叫醒，落在我臉上的髮絲搔得我好癢。

「我得起來了，」她說：「可不想被你的房東太太撞見。」

「時間還早啊。」

她探過身子時，乳房壓著我的胸口。不久後，她下了床，我點起蠟燭。她轉身照起鏡子，把頭髮紮起來，凝視著自己的裸體。她的腰天生就細，發育得好，身材卻仍苗條；她的乳房挺立結實，從胸部突出的模樣活像大理石雕成。這是為愛而生的胴體。日光漸強，加上燭火熠熠，一切都籠罩在金色的光芒之中，唯一可見的色彩是玫瑰般粉嫩的堅硬乳頭。

我們默默地穿上衣服。她沒有穿回束腹，而是把它捲了起來，我便用一張報紙替她包好。我們沿著走廊躡手躡腳地移動，我打開門跟她走到街上，晨曦朝著我們撲來，宛如貓咪一躍跳上台階。文森廣場空蕩蕩的，陽光灑落在東邊那排房子的窗戶上。我自覺朝氣蓬勃，猶如嶄新的一天。我們彼此手挽著手，並肩走到琳普斯路的轉角。

「送我到這裡就好，」蘿西說：「以防萬一囉。」

我吻了她，目送她離開。她的步伐緩慢踏實，宛如喜愛感受腳下沃土的鄉下婦人，走路時挺直腰桿。我無法睡回籠覺，便散步到河堤邊，河水閃著清晨明亮的色彩。一艘棕色駁船順流而下，通過沃霍爾橋底。兩名男人正划著一條小艇靠向河岸。

我感到飢腸轆轆。

17

此後一年多，每當我與蘿西出去，她都會在回家的路上順道來我的住處，有時只待一小時，有時則待一整夜，直到破曉時分提醒我們，傭人即將開始擦洗門口台階。我還記得陽光燦爛的溫煦早晨，倫敦膩味的空氣帶著一股清新感，空無一人的街道上，我們的腳步聲顯得格外吵雜；我也想起冬天冷雨時節，我們擠在一把傘下匆匆行走，雖然靜默不語但內心快活。站崗的警察看到我們經過，往往會盯著瞧，有時露出懷疑的眼神，有時卻閃著理解的神色。三不五時，我們看到無家可歸的遊民，蜷縮成一團睡在門廊內，蘿西便會好意地輕捏我的手臂，我就會把一枚銀幣擺在他不勻稱的膝上或削瘦的拳中（這主要是為了裝闊，畢竟我口袋裡錢不多，但又想留給她好印象）。我很高興有蘿西的陪伴，對她有深深的愛慕之情。她既隨和又自在，溫順的性情感染她身旁的人，與她共享短暫的愉悅。

我在成為她的情夫前，經常在心裡納悶，她是否也是福德、哈利・瑞佛和希里爾等人的情婦。後來我直接挑明問她。她吻了我，然後說：「別傻了。你也知道，我只是喜歡那群人，愛跟他們出去玩，僅此而已。」

我想問她是否曾為喬治．肯普的情婦，卻問不出口。雖然我從沒有見過她發脾氣，但總認為她也是有脾氣的人，隱約覺得這個問題可能會惹惱她。我不想讓她有機會說出無比傷人的話，導致我無法原諒她。我當時還很年輕，不過二十一歲，昆汀．福德等人在我眼中都已年紀一把。對我來說，蘿西只把他們當朋友一點也不奇怪。一想到我是她的情夫，不禁感到有點得意。每逢週六下午的茶會，我看著她與形形色色的訪客有說有笑，臉上便洋溢著自滿的神情。我想起自己與蘿西共度的夜晚，真想訕笑那些渾然不覺這個天大祕密的人。但有時我覺得萊昂內．希里爾眼神戲謔地瞧著我，彷彿在看我的笑話。我不安地問自己，該不會蘿西跟他說我們有一腿。我納悶自己的舉止是否露出破綻。我跟蘿西提起這項擔憂，深怕希里爾有所懷疑。蘿西看著我，藍眼眸好似隨時都能綻放笑意。

「不用擔心，」她說：「他滿腦子骯髒的念頭。」

我與昆汀．福德的關係向來不密切，他把我視為無足輕重的無趣年輕人（其實也沒說錯），雖然保持謙和有禮，卻從來沒有把我放在眼裡。不曉得是否是我多心，他對我漸漸比以往更加冷淡。但令我意外的是，哈利．瑞佛某天居然邀我跟他共進晚餐、再去看戲。我把此事告訴蘿西。

「噢，你一定要去啊，他包準會讓你開開心心的。哈利這傢伙，每次都讓我笑個不停。」

所以我就跟他吃了頓飯。他表現得十分好相處，對於男女演員的評論令我印象深刻。他幽默的談吐常帶著挖苦，老愛拿自己看不順眼的昆汀．福德來開刀。我設法把話題帶到蘿西身上，瑞佛對她卻沒特別的看法。他似乎是樂天的傢伙，總是眼帶猥瑣，談笑中含沙射影，我因此明白他是愛拈花惹草的男人。不禁讓人暗忖，他之所以請我吃晚餐，是否因為曉得我是蘿西的情夫，才對我產生好感。但若他知道了，別人當然也會知道。我心裡自認高他們一等，但希望沒有表現出來。

時序進入冬天，將近一月底時，琳普斯路出現一位陌生人。他是荷蘭猶太裔鑽石商人，名叫傑克．庫伊伯，來自阿姆斯特丹，剛好到倫敦出差幾星期。我不知道他何以認識卓菲爾夫婦，也不曉得他是否出於對卓菲爾的敬意登門拜訪，但二度前來肯定不是為此。他的身材高大結實、皮膚黝黑，頂上無毛，還有大大的鷹鈎鼻，約莫五十歲，但外表強健性感，為人果斷又開朗，而且毫不掩飾對蘿西的愛慕。他看起來非常富有，每天都送蘿西玫瑰。蘿西怪他太過揮霍，卻又受寵若驚。我無法忍受這傢伙，如此明目張膽、愛出風頭。我討厭他那一口流利精確但帶有外國腔調的英語、討厭他對蘿西浮誇的讚美，也討厭他對蘿西朋友的熱情洋溢。我發覺昆汀．福德同樣對他反感，我們居然因此熱絡了起來。

「幸好他待不了多久。」昆汀．福德噘著嘴說，揚起黑色眉毛。他滿頭白髮、面色蠟黃，看起來格外有紳士氣息。「女人都一個樣，鍾情沒品的男人。」

「他就是個大老粗。」我發著牢騷。

「這就是他的魅力。」昆汀．福德說。

接下來的兩、三週，我幾乎見不到蘿西。傑克．庫伊伯每晚帶她出去，高檔餐廳一間換過一間，戲劇看了一場又一場。我既是氣惱，又是委屈。

「他在倫敦一個人都不認識，」蘿西說，設法安撫我不滿的情緒，「他想趁自己在這裡的時候，盡量到各個地方走走看看，每次都一個人到處閒晃畢竟太可憐了，他頂多再待兩個星期就回去了。」

我不懂她何必犧牲到這個地步。

「可是妳不覺得他很糟糕嗎？」我說。

「不會啊，我覺得他很風趣，常常逗得我大笑。」

「難道妳不知道他完全迷上妳了嗎？」

「他自己開心就好，對我也沒有什麼壞處。」

「他又老又胖，糟透了。我一看到他就渾身起雞皮疙瘩。」

「我不覺得他有那麼不好啦。」蘿西說。

「妳不可以跟他有任何瓜葛，」我很不滿，「我的意思是，他是一個大老粗耶。」

蘿西搔了搔頭，這個習慣很不討喜。

「真是有趣，外國人和英國人果然天差地遠。」她說。

傑克．庫伊伯回到阿姆斯特丹時，我十分感謝老天。蘿西答應隔天陪我吃晚餐，我們約好到蘇活區吃頓好料。她坐著一輛雙輪馬車來接我，我們便一同前往餐廳。

「那個糟老頭走了嗎？」我問。

「走啦。」她笑著說。

我摟著她的腰。（我在別處已提過，就此親暱又必要的交際舉措而言，雙輪馬車比現今計程車方便得多，因此才勉強不再贅述。）摟著她的腰，隨即吻了她。她的唇宛如春天的花朵。我們抵達目的地，我把帽子和大衣掛在鈎子上（那件是特別長的外套，腰身相當緊，領子與袖口都是天鵝絨，看上去十分俐落），再要蘿西遞來她的披風。

「我打算就這樣穿著。」她說。

「妳會熱得要命喔，到時候出去小心著涼。」

「沒關係。這是我第一次穿這件披風，不覺得很好看嗎？你看，披風跟暖手筒也很搭。」

我瞥了一眼披風，看似真皮材質，但當時我不曉得是貂皮。

「看起來好貴啊，妳怎麼會有？」

「傑克・庫伊伯送我的禮物，我們昨天去買完他才走。」她撫摸著光滑的毛皮，就像小孩得到玩具一樣高興。「你猜這件多少錢？」

「我不知道。」

「二百六十鎊耶。你知道我這輩子從來沒有買過這麼貴的東西嗎？我跟他說這太貴了，可是他就是不聽，非得要我收下。」

蘿西樂得咯咯笑，眼中閃閃發光。但我只覺得整張臉僵住，背脊感到一陣涼意。

「卓菲爾沒有覺得很奇怪嗎？庫伊伯送妳那麼貴的毛皮披風耶。」我說，努力讓語氣聽起來自然。

蘿西的眼眸淘氣地轉了兩下。

「你也知道泰德的個性，他從來就不注意周遭的事情，要是他真的問起來，我就說是自己在當鋪花二十鎊買的，他才不會發現。」她的臉蹭起衣領。「好柔軟喔，大家都看得出來這不便宜吧？」

我設法專心吃東西，強忍內心的苦澀，盡力把話題一個個延續下去。蘿西不太在意我說的話，滿腦子都想著她的新披風，每隔一分鐘視線就飄回暖手筒上頭，還堅持要放在膝上。她的眼神充滿了愛慕，摻雜著慵懶、性感與自滿的神態。我好生她的氣，認為她既愚蠢又庸俗。

「你活像吞了金絲雀的貓[61]。」我忍不住厲聲說道。

她咯咯笑了。

「我也這麼覺得。」

二百六十英鎊對我而言是一大筆錢。我從沒想過，居然有人能把這筆錢揮霍在一件披風上。我每個月的生活費才十四英鎊，生活過得倒也寬裕。假如各位讀者一時半刻難以計算，容我補充，我每年的生活費僅一百六十八英鎊。我無法相信，有人基於單純友誼就會送如此貴重的禮物。這豈不正好表示傑克・庫伊伯待在倫敦期間，夜夜都與蘿西同床共枕，所以在離開前付錢給她嗎？她怎麼能收下呢？難道她不懂這是多大的恥辱嗎？難道她看不出來對方庸俗不堪，才會送她貴到咋舌的東西嗎？顯然她渾然不覺，因為她對我說：

「他人好好喔，對吧？但是猶太人本來就很大方。」

「這代表他付得起囉。」我說。

「喔，是啊，他最不缺錢了。他說想在離開前送我東西，還問我想要什麼。我說我需要一件披風，搭配暖手筒，可是怎麼也沒想到，他會買這麼高級的東西給我。我們走進店裡的時候，我叫店員拿些俄國羔羊皮的商品給我瞧瞧，他卻說要最上等的貂皮。我們一看到這件披風，他就堅持要送給我。」

我想像著她潔白的身體與乳白的肌膚，被那個又老又胖的噁男摟進懷中，他鬆弛的肥唇吻著她。我這才發覺，過去不願相信的猜疑都是事實——我就知道，她與昆汀・福德、哈利・瑞佛、萊昂內・希里爾出去吃飯時，最後都會與他們上床，就像與

---

61 英文諺語，指做了虧心事卻無人知曉，感到沾沾自喜。

我上床一樣。我無法說話，知道自己必定會口出惡言。我想與其說自己心生嫉妒，不如說是滿腹屈辱。我覺得，她根本就把我當蠢蛋玩弄。我用盡全副心神，避免自己說出酸言酸語。

我們接著到劇場看戲，但我完全無法專心，只感到貼著我手臂的真皮披風滑順的觸感，只看得到她用手不斷撫摸暖手筒。假如是其他人我倒還可以忍受，但傑克·庫伊伯令我最為反感。她怎麼可以這麼做？貧窮真是可恨。我恨不得有足夠的錢告訴她，若她願意把那該死的披風退還給那傢伙，我就買給她更高級的貨色。終於，她發覺我的沉默。

「你今天晚上好安靜。」

「有嗎？」

「你身體不舒服嗎？」

「好得很。」

她斜眼朝我瞧了一下，我沒有與她四目交接，但知道她眼神必定帶著笑意，透露出我熟悉的調皮孩子氣。她沒有再開口說話。戲演完後，由於外頭下著雨，我們坐上一輛雙座馬車，我把她在琳普斯路的住址告訴車夫。一路上她都保持沉默，等馬車到了維多利亞街，她才開口說：「你不想要我跟你回去嗎？」

「妳說了算。」

她掀開馬車的小窗，告訴車夫我的住址。她抓起我的手，握在手心裡，我依然無動於衷，板著臉怒目直視窗外。我們抵達文森廣場時，我扶她下馬車，依然沒說話，直接讓她進屋來。我脫下帽子與外套，她把披風和暖手筒扔在沙發上。

「你幹麼生悶氣呢？」她走到我跟前問道。

「我沒有生悶氣。」我回答，避開她的眼神。

她用雙手捧著我的臉。

「你也太傻了吧？何必因為傑克．庫伊伯送我一件真皮披風就鬧脾氣呢？你不可能買得起，對吧？」

「當然買不起。」

「泰德也買不起。你總不能指望我拒絕價值二百六十英鎊的真皮披風吧？我這輩子都好想要一件披風，對傑克來說根本不算什麼。」

「我才不相信他單純把妳當朋友所以送妳禮物。」

「說不定就是這樣啊。不管怎麼說，他都已經回阿姆斯特丹了，誰知道他會不會再來呢？」

「而且還不只他一個人。」

如今我盯著蘿西，眼神充滿憤怒、受傷與忿恨，她卻朝我微笑。但願我有辦法形容她那美麗微笑的甜蜜善良，她的語調溫和。

「親愛的，你為什麼要煩惱別人的事情呢？這對你有什麼好處？有我在，應該很愉快吧？你跟我在一起不開心嗎？」

「非常開心啊。」

「那就對啦，傻瓜，沒必要為這點小事就計較或吃醋嘛。幹麼對自己擁有的不滿足呢？要我說，應該把握機會好好享受生活，再過一百年，我們應該都死光了，那時候一切都不重要了吧？我們就盡情地享受當下吧。」

她摟著我的脖子，嘴唇貼著我的嘴唇。我把怒火全都拋諸腦後，腦海只有她的美貌與包容一切的溫柔。

「你得接納我本來的樣子嘛。」她軟語低喃著。

「好啦。」我說。

18

在這一大段時間內，我真的很少見到卓菲爾。他的編輯工作就占了大半天，傍晚都忙於寫作。當然，每週六下午他都會在家招待客人，依舊和氣待人，風趣之餘又懂得諷刺的藝術；他看起來很高興見到我，都會跟我開心聊點無關緊要的小事。但想當然爾，他的心力都放在較年長又有身分的客人身上。可是他感覺愈來愈疏遠，不再是當初我在布萊克斯泰勃認識的性格樂天又有草根味的同伴了。也許只是我愈來愈敏感，才察覺卓菲爾與那些一同說笑嬉鬧的人之間，似乎有著無形的隔閡。他好像活在想像的世界中，導致日常生活顯得模糊不清。他不時受邀到公開晚宴上發言，也參加了文學俱樂部。除了當初因為寫作而加入的小圈子外，他逐漸認識許多人，愈來愈常有貴婦名媛邀他參加午宴或茶會，因為她們就愛把聲譽卓著的作家找來身邊。蘿西也會受邀，但鮮少出席，她說自己不喜歡聚會，況且她們真正想邀請的人只有泰德。我想她大概是不好意思，覺得自己格格不入。說不定，女主人不只一次當著她的面，透露不得不邀她前來有多麻煩；她們基於禮貌提出邀請，卻又痛恨與她客套而無視她的存在。

就在那時，愛德華．卓菲爾出版了《生命之杯》。我無意評論他的作品，畢竟近來類似書評不計其數，足以滿足一般讀者的胃口。但我倒願意說句感想：雖然《生命之杯》肯定不是他最負盛名的書，人氣也並非最為旺盛，在我看來卻最值得玩味。英國小說普遍有傷春悲秋的調性，這本書另闢蹊徑，走冷酷無情的風格，令人耳目一新又刺激嗆辣，品味起來就像酸蘋果，酸到牙齒也痛，卻帶細膩苦甜的韻味，教人回味再三。在卓菲爾的所有作品中，這是我唯一想寫的主題。書中那孩子死亡的場景殘忍虐心，但並不過度傷感自溺，而隨後的離奇發展，任何讀者看了都必定揮之不去。

這本書正是這個部分掀起了一場文壇風暴，可憐的卓菲爾首當其衝。該書出版幾天後，書市反應看似無異於他筆下其他小說，先有了數篇論述扎實的評論，整體褒揚而有所保留，而銷售成績還行但偏低。蘿西告訴我，卓菲爾希望能從中賺三百英鎊，還說要在河邊租棟房子避暑。最先的兩、三篇書評態度模糊不明，後來某家日報刊登了措詞猛烈的抨擊，篇幅占了整整一欄，說該書內容無端冒犯又猥褻，同時譴責推動其問世的出版社，還繪聲繪影地描寫各種讓人痛心的場面，直指該書必會對英國青年產生重大危害，還說是對女性一大侮辱。該位書評家反對這種作品落入天真無邪的少男少女手中。其他家報紙也紛紛跟進，還有書評蠢到要求查禁該書，部分人士甚至凝重地質疑，檢察官是否可以適當介入？譴責的聲浪排山倒海，若偶爾有習慣歐陸現實小說的作家仗義執言，盛讚愛德華．卓菲爾創作出巔峰之作，就會遭到無視，這般誠實看法會被歸因於譁眾取寵的低劣欲望。圖書館查禁了該書，甚至連鐵路書報攤也拒絕進貨。

這一切對愛德華．卓菲爾而言自然非常難熬，他卻豁達平靜地默默承受，僅聳了聳肩。

「他們嫌這本書不夠真實，」他面帶微笑，「他們都給我去死，明明完全真實。」

在飽受抨擊時，他的朋友仍不離不棄。是否欣賞《生命之杯》成為審美能力的判準：讀了大驚失色就等於自己承認欠缺文化修養。巴頓．特拉福夫人毫不猶豫地說，該書是大師級的傑作，而儘管當時不適合在《季評》發表巴頓所寫的文章，她對愛德華．卓菲爾的未來仍深具信心。時至今日，再讀這本轟動一時的小說，感覺實在奇怪（而且有教育意義），小說中無任何用詞會讓淳樸的老實人臉紅心跳，也無任何情節會把當代讀者嚇得目瞪口呆。

19

大約六個月後，《生命之杯》引發的波瀾已然消退，卓菲爾早開始撰寫另一本小說，後來以《因果識之》之名出版。當時，我就讀醫學院四年級，擔任外科醫師的刀助，某天輪值要陪外科醫師查房，便到醫院大廳等他。我瞄了一眼擺信件的架子，因為偶爾有人不曉得我住在文森廣場的地址，就會寫信到醫院給我。我意外發現有封寄給我的電報，全文如下：

請務必在今天下午五點鐘來找我，有要事商量。

伊莎貝爾・特拉福

我很納悶為何她要找我。過去兩年內，我大概見過她十幾次，但她壓根沒注意過我，我也不曾去過她家。我曉得茶會上通常難得有男客出席，女主人臨時找不到男客，也許會認為邀請年輕醫學生湊數無妨，但電報的措詞不太像是一般茶會。

我幫忙的那位外科醫生既無聊又囉嗦，一直到五點多我才脫身，接著足足花了二十分鐘趕到卻爾西。巴頓．特拉福夫人住在河堤邊一棟公寓內。我按門鈴問她是否在家時，已將近傍晚六點了。但當她帶我走進客廳、我開始解釋遲到的理由，她卻立即打斷我說：

「我們就猜你忙不過來，不要緊的。」

她的丈夫也在場。

「倒杯茶給他喝吧。」他說。

「噢，現在用茶恐怕有點晚了，對吧？」她和藹地看著我，那雙漂亮溫柔的眼眸滿是親切。「你應該不想喝茶了吧？」

我又渴又餓，因為午餐只吃了一塊塗奶油的司康、喝了一杯咖啡，但我不想吐露實情，便予以婉拒。

「你認識奧古德．牛頓嗎？」巴頓．特拉福夫人問，同時朝一名男人擺手，我剛進屋時他坐在一張大扶手椅上，現在站了起來。「我想你在愛德華家應該見過他。」

確實認識。他不常出席聚會，但名字聽來熟悉，而且我還記得這號人物。他讓我感到非常緊張，我先前應該沒跟他說過話。儘管他如今已完全遭世人遺忘，但在那個年代可是英國最為知名的書評家。他的身材高大肥胖，有一頭日漸灰白的金髮、肉感的白色臉龐，還有一雙淡藍色的眼眸。他通常繫一條淡藍色領帶，以襯托自己雙眼的色彩。對於出現在卓菲爾家的作家，他都表現得和藹可親、說著悅耳奉承的讚美；但作家不在場時，他又拿他們來說笑。他的聲音低沉平穩、措詞得體，比誰都能切中要害地講朋友的壞話。

奧古德·牛頓先生跟我握了手，而隨時都想展現情感支持的巴頓·特拉福夫人，急著想讓我感到自在，便拉著我的手，要我坐在她旁邊的沙發上。茶點還擺在桌子上，她拿起果醬三明治，很有氣質地輕咬一口。

「你最近見過卓菲爾夫妻嗎？」她問我，似乎真的想要跟我聊聊。

「上星期六去了他們家。」

「之後就沒見到了？」

「沒有。」

巴頓·特拉福夫人看了看奧古德·牛頓，又看了看她的丈夫，再把眼神飄回牛頓身上，彷彿無聲地請求他們的協助。

「伊莎貝爾，妳就別拐彎抹角了啦。」牛頓直截了當地說，眼裡閃著淡淡的惡意。

巴頓．特拉福夫人轉頭看我。

「看樣子你不知道，卓菲爾太太已經拋棄丈夫，離家出走了。」

「什麼！」

我完全目瞪口呆，簡直不敢相信自己聽到的事。

「奧古德，也許還是由你把事實跟他說比較好。」特拉福夫人說。

牛頓往椅背靠好，左右手的指尖頂著彼此，興致勃勃地說：

「昨天晚上，我要去找愛德華．卓菲爾，討論我正在寫的一篇文學評論。晚餐過後天氣清爽，我心想不妨就閒晃到他家。他就在家裡等我，我知道他晚上除非要參加市長大人宴會或皇家學院晚宴等重要活動，否則絕對不會外出。你不妨想像一下我當時有多麼驚訝，不對，應該說徹徹底底一頭霧水，因為我一走近他家，就看到大門打開，愛德華本人走了出來。你一定知道康德的故事，他每天習慣在固定時間出門散步，準時到分秒不差，連哥尼斯堡的居民都用這個時間來對錶。有一天，他比平常早一個小時走出家門，居民嚇得臉色蒼白，因為他們知道這代表一定有大事發生了。果不其然，康德剛剛得知有關巴士底監獄被攻陷的消息。」

奧古德．牛頓停頓半晌，凸顯這段故事的餘韻。巴頓．特拉福夫人露出會心的微笑。

「我看到愛德華匆忙朝我走來的時候，並不覺得發生了什麼驚天動地的災難，但是立刻察覺有事情不對勁。他既沒拿手杖，也沒戴手套，身上穿著工作外套、黑羊駝上衣，頭戴一頂寬邊帽。他的神情暴躁、舉止不安，我知道婚姻生活變化無常，猜想是夫妻意見不合，他衝動之下才離開屋子，或者是急著想找個郵筒寄信？他走得飛快，就像希臘神話中最高貴的英雄赫克特，而且好像沒有看見我——我腦海冒出他其實也不想看見我的念頭，便叫住他，說了一句『愛德華』，他感覺嚇了一跳。我敢發誓有那麼一瞬間，他沒有認出我來。我問：『究竟是有什麼深仇大恨，逼得你匆匆忙忙穿越皮姆利科最放蕩的地方？』他只說：『噢，原來是你。』我問他打算上哪去，他卻回答：『哪都不去。』」

這樣下去，我想牛頓先生永遠也講不完他的故事，而哈德森太太也會不高興，怪我晚了半小時才回家吃晚餐。

「我跟他說明來意，提議我們回到他家，方便跟他討論我的煩惱。他說：『我現在靜不下來，不想回家。咱們還是散散步，你可以邊走邊說。』我答應了，便轉過身跟他一起往前走。但是他的步伐飛快，我不得不請他放慢速度。就算是約翰生博士，像特快列車那樣在佛利特街上疾行，也沒辦法與人交談。愛德華的模樣非比尋常，態度又是這麼激動，我直覺最好帶他走人少的街道。我跟他聊起正在寫的一篇文章，由於想探討的主題比最初料想得豐富太多，不確定自己是否能在週刊專欄中充分闡述。我把這件事情完完整整地攤開來談，詢問了他的看法。他卻回答：『蘿西離開我了。』一時間，我沒聽懂他在說什麼，但是馬上就想起他指的是那位偶爾倒茶給我、身材豐滿又算有魅力的太太。聽他說話的語氣，我猜他是希望我說點安慰的話，不是要我恭喜他。」

奧古德．牛頓又停了下來，他的藍眼眸熠熠生輝。

「奧古德，你太厲害了。」巴頓．特拉福夫人說。

「真是太絕了。」特拉福先生說。

「我明白發生這種事情需要精神上的支持，我就說：『我說啊老兄……』但是話沒說完就被他打斷，他說：『今天最後一批寄來的信中，我收到一封信說她跟喬治．肯普爵爺私奔了。』」

我倒抽一口氣，但沒說半句話。特拉福夫人瞄了我一眼。

「我就問：『喬治．肯普爵爺是誰？』他說：『布萊克斯泰勃的人。』我沒有時間多作思考，決心跟他說點心裡話，『早擺脫她才好啦。』他卻大聲喊道：『奧古德！』我停下腳步，一手擺在他的手臂上說：『要知道，她跟你那些朋友都在騙你，他們的囂張行徑早就是公開的醜聞了。親愛的愛德華，我們就面對現實吧，你太太就是低俗的蕩婦。』他用力抽出手臂，喉嚨發出一聲低吼，活像婆羅洲森林的猩猩被人搶走手上的椰子。我還沒來得及攔他，他就自己跑走了。我嚇得愣在原地，只聽到他大吼大叫和快速跑走的腳步聲。」

「你真不應該讓他跑掉，」巴頓．特拉福夫人說：「在這種狀態下，他說不定會一頭跳進泰晤士河。」

「這點我也有想到，但他沒有往河邊跑去，而是衝回我們剛才走過的那幾條小路附近。我還想到，文學史上還沒有作家會創作文學作品到一半就自殺。不管他經歷再多磨難，都不會願意把未完成的作品留給後世。」

聽到這件事我大為震撼、驚嚇又失望透頂，同時也十分憂心，因為我不明白特拉福夫人為何找我。她對我知之甚少，不可能覺得我會對這件事特別有興趣，也不可能只是要分享這條消息才費心找我來。

「愛德華太可憐了，」她說：「當然也不能否認這是因禍得福，我只擔心他會往心裡去。幸好，他沒有衝動到做出傻事。」她轉頭對我說：「牛頓先生一把事情告訴我們，我就趕到琳普斯路了，結果愛德華不在家，女傭說他剛剛出門。這就代表，他一定是在離開奧古德到今天早上這段時間內回到家。你想必很納悶，我為什麼要請你來一趟吧？」

我沒有吭聲，等她把話說下去。

「你最早是在布萊克斯泰勃認識卓菲爾夫妻，對吧？麻煩告訴我們，這位喬治·肯普爵爺究竟是誰？愛德華說他是布萊克斯泰勃的人。」

「他是中年人，家裡有太太和兩個兒子，兒子跟我一樣大。」

「但是我弄不清楚他的身分，不管是《名人錄》和德倍禮的貴族年鑑都找不到。」

我差點笑了出來。

「他不是真正的爵爺啦，只是當地的煤炭商人。他們都叫他『布萊克斯泰勃的喬治勳爵』，因為他太愛擺派頭了，大家只是開玩笑而已。」

奧古德·牛頓說：「對於狀況外的人來說，鄉間特有的幽默通常有點難懂啦。」

「我們必須盡力幫忙親愛的愛德華。」巴頓·特拉福夫人說，目光若有所思地落在我身上，「如果肯普跟蘿西・卓菲爾私奔，想必也拋妻棄子了。」

「大概吧。」我回答。

「你願意幫幫忙嗎？」

「我幫得上忙的話。」

「可以麻煩你到布萊克斯泰勃，查清楚究竟發生了什麼事嗎？我想我們應該跟那位太太聯絡一下。」

我向來就不喜歡干涉別人的私事。

「我也不知道有什麼辦法。」我回答。

「你不能去見她嗎？」

「沒辦法。」

巴頓・特拉福夫人可能認為我回答得唐突，但她沒有展現出來，僅微微一笑。

「不管怎麼樣，這個可以留到之後再說。現在最要緊的是問清楚肯普的狀況。我今天晚上會想辦法去見愛德華。一想到他繼續獨自住在那棟討厭的屋子裡，我就覺得好不忍心。我和巴頓已經打定主意，要把他接來這裡住。我們還有一個空房間，可以打理一下，好讓他在那裡工作。奧古德，你覺得這樣的安排對他好嗎？」

「當然好。」

「他真該在我們這裡住下去，至少可以待幾個星期，然後等夏天來臨再跟我們一起去法國的布列塔尼。他包準會很樂意，可以徹底轉換一下環境。」

「眼下的問題是，」巴頓．特拉福邊說邊把目光移到我身上，差不多與他妻子一樣親切，「眼前這位年輕的外科醫生願不願意到布萊克斯泰勃，多方打聽消息？我們得先掌握當前的局面，這點非常重要。」

巴頓．特拉福的態度熱忱，說話逗趣又俚俗，像在合理化他對考古的濃厚興趣。

「他不可能拒絕啦，」特拉福夫人說，朝我投以溫柔又懇切的眼神，「你不會拒絕吧？這件事情真的很要緊，只有你能幫助我們了。」

當然，她不曉得我也像她一樣，焦急地想弄清楚事情的來龍去脈。她也不了解有股強烈的嫉妒正刺著我的心頭。

「星期六以後我才可能離開醫院喔。」我說。

「那沒問題，真是太謝謝你了。愛德華所有朋友都會感激你的。你什麼時候回來？」

「我星期一大清早就得趕回倫敦。」

「那下午就來陪我用茶吧。我實在迫不及待了。謝天謝地，就這麼決定了。現在，我得想辦法找到愛德華。」

我知道這是暗示我該走了。奧古德．牛頓接著告辭，我們於是一起下樓。

「我們的伊莎貝爾啊，今天有點像亞拉岡的凱薩琳[62]，我覺得非常恰如其分。」大門關上後，他才低聲說道。「這個機會千載難逢，我想應該可以放心交給我們的朋友處理。夫人魅力獨具，還有一顆善良的心。就像拉辛作品裡說的：「維納斯抓緊了她的獵物。」」[63]

我當時不懂他話中意涵，因為我先前所提有關巴頓．特拉福夫人的段落，都是後來才知道。但我聽得出這番話隱約在放冷箭，而且感覺很有趣，不禁偷笑了起來。

「我看你還這麼年輕，應該打算用走路的吧。」

「我要搭巴士。」我回答。

「是喔？要是你說坐馬車，我就會想搭你的便車，然後在途中放我下來，但是既然你要搭普通的交通工具，那我還是拖著笨重的身體去租輛四輪的好了。老派如我，還是喜歡搭乘馬車。」

他向一輛馬車招了手，伸出兩根軟趴趴的手指與我道別。

「我星期一就會來聽結果。親愛的亨利想必會說，你得細膩處理這項任務才行。」

62 亞拉岡的凱薩琳（Catherine of Aragon），英王亨利八世王后，治理風格強悍。
63 此句出自法國劇作家拉辛的作品《費德爾》（*Phèdre*）。

20

過了好多年，我才再度見到奧古德．牛頓，因為我抵達布萊克泰斯勃時，看到一封巴頓．特拉福夫人的信（她細心記下我的住址），請我先別到她的公寓，改成六點鐘在維多利亞車站頭等車廂專用候車室碰面，原因屆時會詳細說明。到了週一，我結束醫院工作後，就盡快趕到會面地點，稍微等了一會，便看到她走進來。她踏著輕快的小碎步朝我走近。

「有沒有什麼消息要告訴我呢？我們先找個安靜的角落坐坐。」

我們找了個地方坐下。

「我得先說明為什麼請你來這裡，」她說：「愛德華現在住我家，本來他還不想來，但我終究說服了他。只是他現在精神緊繃、身體不太舒服又愛發脾氣。我不想貿然讓你們見面。」

我向特拉福夫人回報所知，沒有任何渲染。她專注地聽著，不時地點點頭。不過，我並不指望她明白我在布萊克斯泰勃所看到的騷動：全鎮上下鬧得沸沸揚揚，那裡已多年沒發生如此刺激的事，居民開口閉口都在議論這件事。原本的大人物跌落神壇，喬治・肯普爵爺早已潛逃。一週前，他告訴眾人要到倫敦出差，兩天後卻有人寄來了他的破產申請。原來他投資的建築事業以失敗收場，而企圖把布萊克斯泰勃打造成濱海度假勝地的計畫也落空，他被迫要想盡辦法四處籌錢。小鎮上流傳著各種謠言。許多把積蓄託付給他的窮苦人，面臨失去一切的窘境。整件事的細節有待釐清，因為我的叔叔嬸嬸對生意一竅不通，我所知亦有限，無法充分理解他們所說的話。但喬治・肯普的房子遭抵押，家具也被列冊拍賣。他的妻子身無分文，兩個兒子分別是二十歲與二十一歲，都從事煤炭買賣工作，如今也受到拖累。喬治・肯普把所有能找到的現金全都帶走，據說有一千五百英鎊左右，但我也不懂他們何以得知此數字。據報導，當局已發出逮捕令。一般認為他已逃離英國，可能去了澳洲或加拿大。

「希望他們抓得到他，」叔叔說：「他應該被判終身勞役。」

布萊克斯泰勃居民群情激憤，他們都無法原諒他，因為他向來都愛大聲嚷嚷、跟居民嬉鬧、請居民喝酒、舉行園遊會，還駕駛時髦的雙輪馬車、瀟灑歪戴著風流倜儻的棕色氈帽。但到了週日做完禮拜的晚上，教會執事才在聖器室把他最誇張的行徑告訴了我叔叔。過去兩年內，喬治爵爺幾乎每週都到哈瓦山姆與蘿西・卓菲爾幽會，並且選在一家酒館共度良宵。酒館老闆先前砸錢支持喬治爵爺的冒險投資計畫，最後發現血本無歸，才把整件事給抖出來。假如喬治爵爺欺騙了別人，他也就睜一隻眼閉一隻眼，如今居然欺騙幫忙他的死黨，這可就太過分了。

「依我看，他們已經私奔了。」我叔叔說。

「這倒不意外。」教會執事說。

晚餐後，女傭收拾著碗盤，我走進廚房與瑪麗安聊天。事發不久，她也在教堂禮拜，聽說了這個內幕。我不相信當晚有人認真在聽我叔叔講道。

「牧師說他們遠走高飛了。」我說，對於自己知道的內情隻字未提。

「欸，想也知道，」瑪麗安說：「他是她唯一喜歡過的男人。他只要動動小指發號施令，不管任何人她都可以拋下。」

我垂下雙眼，內心苦不堪言，對蘿西十分氣憤，覺得她對我太壞了。

「我猜我們再也見不到她了。」我說，心頭湧現一陣辛酸。

「我也覺得見不到了。」瑪麗安語帶爽朗地說。

我把這件事講給巴頓・特拉福夫人聽時，她嘆了一口氣，但聽不出來是滿意還是憂愁。

「好吧，不管怎麼說，這就是蘿西的結局了。」她說，隨後站起身子，伸出手來。「為什麼這些文人老是會有這種不幸的婚姻呢？真是太悲哀了。非常感謝你所做的一切，我們了解目前的情況了，幸好這件事應該不會打擾愛德華的寫作。」

她這番話聽起來有點邏輯不通。實際上，我相信她半點都沒把我放在心上。我帶她走出維多利亞車站，目送她搭乘一輛開往卻爾西國王路的巴士，隨後再走回住處。

21

我和卓菲爾失去了聯絡。我生性太過害羞，不敢主動找他，後來又忙於考試，考試通過後就出國了。我依稀記得在報紙上看過他與蘿西離婚的消息。至於蘿西，我再也沒有聽到其他消息了。她母親偶爾會收到十鎊或二十鎊的現金袋，都是透過掛號信寄來，上頭有紐約的郵戳，但沒寫地址也沒隻字片語，應該是蘿西所寄，因為沒有別人會寄錢給甘恩太太。多年後，蘿西的母親去世，她大概透過某種管道得知，因為那個地址再也沒收到現金袋了。

22

我與歐洛伊・基爾按照事前約定，週五在維多利亞車站碰面，搭乘五點十分的火車前往布萊克斯泰勃。我們找了吸菸車廂的角落，舒舒服服地對坐。從他口中，我大致明白卓菲爾在妻子離家後的狀況。洛伊後來與巴頓・特拉福夫人非常親近。就我對洛伊的了解與對特拉福夫人的印象，這份友情實屬必然。我聽說他曾與巴頓夫婦在歐洲大陸旅行，分享彼此對華格納、後印象派畫作與巴洛克建築的熱忱，這也在意料之中。他勤勞地前往巴頓位於卻爾西的公寓吃午飯。而隨著特拉福夫人年紀愈來愈大、健康每況愈下，最後只能整天待在客廳，洛伊依然從日常繁忙的工作中，每週固定抽空去探望一次，坐著陪她聊天，心地十分善良。巴頓夫人過世後，他寫了一篇文章聊表悼念，通篇真情流露，充分反映巴頓夫人與生俱來的同情心與鑑賞力。

值得慶幸的是，他的善良出乎意料地獲得應有的回報，因為巴頓・特拉福夫人跟他透露許多愛德華・卓菲爾的過去，十分有助於他書寫傳記的這份甜蜜負荷。愛德華．卓菲爾遭不忠的妻子拋棄後，整個人處於洛伊口中的désemparé，茫然無助的狀態，所幸巴頓．特拉福夫人硬中帶軟，不僅此時收留了他，還說服他住了將近一年。巴頓夫人既有女性的圓融，也有男性的活力，更有善良的心與看準良機的眼光，對他溫柔關懷、細心呵護，又懂得如何聰慧體恤。卓菲爾就是在巴頓夫人的公寓中，寫完《因果識之》。她大可以視其為自己的作品，而卓菲爾把該書獻給她，足以證明他沒忘記這份人情。巴頓夫人還帶他前往義大利（巴頓先生當然也一同前往，畢竟特拉福夫人深知人心險惡，藉此便可杜絕流言蜚語），手裡拿著一本羅斯金的書，向愛德華．卓菲爾介紹義大利的不朽之美。後來，她在聖殿教堂幫他找了幾個房間，舉辦了幾場小午宴，恰如其分地扮演起女主人的角色，方便他接待慕名而來的賓客。

不可否認的是，卓菲爾的名聲日漸響亮，主要都是巴頓夫人的功勞。他到了晚年才成名，那時早已不再寫作了，但無疑是特拉福夫人努力不懈下所奠定的基礎。她不僅鼓勵（也許還寫了不少段落，畢竟她亦有支健筆）巴頓先生最終生出書評刊登於《季評》，文中率先指出卓菲爾理應躋身英國小說大師的行列，而隨著每一本書出版，她都會舉辦招待會；她也四處奔走會見編輯，更重要的是拜訪影響力卓著的報章機構老闆。她籌畫多場晚會，邀請有力人士出席；她說服愛德華．卓菲爾以慈善之名在達官顯貴家中朗讀，設法讓他的照片登在插畫週刊上；她親自修改每場專訪的稿子。十年來，她毫不懈怠地充當媒體經紀人，卓菲爾因而從未自大眾視野消失。

巴頓．特拉福夫人過得十分風光，卻沒有因此驕矜自滿。但若邀請卓菲爾出席聚會卻漏了她，卓菲爾必定會斷然拒絕。每當巴頓夫婦和卓菲爾受邀前往晚宴，他們都會同進同出。她絕不讓卓菲爾離開自己的視線。部分女主人可能對此大發牢騷，但接不接受對她都無所謂。一般而言，她們通常都會隱忍。若巴頓．特拉福夫人碰巧有點生氣，通常也是藉由他表現出來，因為她依舊丰采迷人，愛德華．卓菲爾卻粗聲粗氣。她十分清楚如何引導他說話，在場若是政要名流，她也有辦法讓他妙語如珠。她把他照顧得面面俱到，總是不吝在他面前表示，深信他是當代最偉大的作家，不僅提到他時一律以大師代稱，就連當面也是這樣稱呼他，語氣也許略帶玩笑，卻又令他受寵若驚。自始至終，她的態度都有忸怩、賣弄風情的味道。

後來發生一件糟糕的事。卓菲爾罹患肺炎，病情極為嚴重。好一段時間，他命懸一線。巴頓．特拉福夫人盡力打點一切，甚至願意親自照顧他，但年過六十的她身體虛弱，不得不把他交給專業護士照顧。他好不容易撿回一條命後，醫生建議他到鄉下休養。由於他仍然非常虛弱，醫生強烈建議護士陪同前往。特拉福太太想讓他去伯恩茅斯，這樣就可以趁週末探望他，看看是否一切安好，但卓菲爾偏好康沃爾郡，醫生也一致認為潘贊斯小鎮氣候溫和，很適合。一般人可能會以為，伊莎貝爾．特拉福這樣直覺敏銳的女人，內心勢必因此升起一股不祥的預感。沒有，她讓他走了，臨走前對護士千叮嚀萬交代，說她現在接下了重責大任，卓菲爾即使不是英國文壇的未來，也是當代在世作家最優異的代表，堪稱無價之寶。

三週後，愛德華．卓菲爾寫信來，說已獲得特殊許可娶了護士為妻。

我幻想著以下景象：巴頓．特拉福夫人得知此事時，想必展現前所未有的寬宏大量。她有沒有呼天搶地地大喊：「你這個負心漢？」有沒有因為歇斯底里而狂抓頭髮、跌倒在地、雙腳亂踢？有沒有出氣在溫文爾雅、博學多聞的巴頓身上，罵他是徹頭徹尾的老糊塗？有沒有痛斥男人的背信、女人的放蕩？有沒有扯開嗓門罵一連串髒話，以撫慰受傷的情感？（據精神科醫生說，貞潔的良家婦女反而對髒話出奇熟悉）以上情事完全沒有。她還寫了一封動人的祝賀信給卓菲爾，也寫信給新娘說自己十分欣慰，現在多了一位親愛的好友。她懇請小倆口回倫敦時到她那裡住幾天，還逢人就說這樁婚事讓她極為高興，因為愛德華．卓菲爾即將步入老年，必須有人就近照顧，而誰能比醫院護士更會照顧呢？她對卓菲爾新任太太只有美言——儘管她算不上漂亮，卻有非常順眼的臉蛋。當然，她並非出身名門的大家閨秀，但愛德華跟上流社會的人相處只會覺得不自在，她正是最適合他的妻子。我認為巴頓．特拉福夫人可說展現了人性良善的極致，但也隱約覺得，假如良善人性底下暗藏刻薄，這就是絕佳的例子。

23

我與洛伊抵達布萊克斯泰勃時，有輛既不太豪華也不算寒酸的汽車正等著洛伊。司機遞給我一張便條，是卓菲爾太太邀請我隔天到她家吃午餐。我搭上一輛計程車前往熊與鑰匙旅館。洛伊跟我說，前頭有家全新的海洋飯店，但我不打算為了享受文明的奢華，就拋棄年少時的度假旅館。我一到火車站，變化就清晰可見：火車站不在原來的位置，已移到一條新鋪的大路旁。當然，搭著汽車沿著大街行駛，同樣有陌生的感覺。但熊與鑰匙旅館一如往昔，像過去一樣無禮又冷淡地接待我。大門口不見半個人影，司機放下我的行李就開車走了。我喊了一聲，無人回應，便走進酒吧，看到一位短髮的年輕女士在讀康普頓．麥肯錫[64]先生的書。我問她是否還有空房，她略帶不悅地看了我一眼，回答說大概還有，但看似對這件事不感興趣，我便好聲好氣地問是否有人能帶我看看房間。她站了起來，打開一扇門，用刺耳的聲音喊道：「凱蒂！」

「什麼事？」我聽到有人說。

「有位先生想要入住。」

沒多久，一位滄桑又憔悴的女人出現了，身穿一件骯髒的印花連身裙，頂著蓬鬆凌亂的白髮。她帶我走了兩層樓，來到一間邋遢的小房間。

「可不可以給我好一點的客房呢？」我問。

「一般跑外勤的業務都會住這間。」她吸了吸鼻子回答。

「你們沒有別間房了嗎？」

「單人房沒了。」

「那就給我雙人房吧。」

「我去問問布倫福太太。」

我陪著她走到二樓，她敲了敲某個房門，裡頭有人叫她進去。她打開門時，我看見一位結實的女人，花白的頭髮似乎精心修剪過。她正在讀書，看來這家旅館每個人都對文學感興趣。凱蒂說我對七號房不滿意時，她朝我投來冷漠的眼神。

---

64 康普頓・麥肯錫（Compton Mackenzie），蘇格蘭作家，文化評論家。

「帶他看看五號房吧。」她說。

我開始覺得，自己先是拒絕卓菲爾太太要我住她家的邀請，又感情用事地無視洛伊叫我下榻海洋飯店的明智建議，真是有點思慮不周。凱蒂再度帶我上樓，領我走進一間面對大街的寬敞房間，大部分空間都被一張雙人床占去。窗戶肯定有一個月沒打開了。

我說這間可以，又問了晚餐的事。

「你想吃什麼就吃什麼，」凱蒂說：「我們現在還沒準備好，不過我會去幫你張羅。」

基於對英國旅宿業的熟悉，我點了炸龍脷魚和烤肋排，接著外出散步，一路走到海灘，發現一條新建的濱海大道，而在原本僅有大風吹襲的田野處，蓋起了一整排平房與別墅，只是看起來破舊髒亂。我猜想，即使過了這麼多年，喬治爵爺仍未實現把布萊克斯泰勃變成海濱勝地的夢想。一位退休軍人與一對上了年紀的婦人走在坑坑疤疤的柏油路上。整幅畫面淒涼得令人難以置信。寒風吹過，海上飄來一陣毛毛雨。

儘管天氣惡劣，我走回鎮上時，卻看到熊與鑰匙和肯特公爵兩間旅館之間的空地，站著三三兩兩的男人。他們與父執輩一樣，眼眸有著相同的淡藍，高高的顴骨依然紅潤。奇怪的是，有些穿著藍衫的船員，依然戴著小小的金耳環，而且不僅是老船員，就連二十歲上下的青年也如此。我沿街閒逛，看到重新裝修過門面的銀行，但那家文具店沒有變，我曾為了跟一位路上巧遇的無名作家拓印而在裡頭買過紙蠟。街道旁開了兩、三家電影院，五顏六色的宣傳海報，忽然讓這條古板拘謹的街憑添放蕩不羈的氣氛，看起來活像多喝了兩杯的年長貴婦。

商務房內寒冷又了無生氣，我獨自坐在六人大桌旁吃晚餐，不修邊幅的凱蒂在一旁伺候著。我問她能否生火。

「六月不行，」她說：「四月以後我們就不生火了。」

「我會付錢。」我不滿地說。

「六月不行。十月可以，但是六月就是不行。」

用完餐後，我走進酒吧點了一杯波特酒。

「好安靜喔。」我對那名短髮女服務生說。

「是啊，很安靜。」她回答。

「我原以為星期五晚上這裡會有很多客人。」

「嗯，大家都這麼想囉。」

接著，一位面色紅潤的矮胖男人從後面走了進來。他斑駁的頭髮剪得很短。我猜這位就是老闆。

「你是布倫福先生嗎？」我問他。

「是的，就是我。」

「我認識你父親，想不想來杯波特酒？」

我把自己的名字告訴了他；在他年少時期，這可是布萊克斯泰勃最家喻戶曉的名字。可他連一點印象也沒有，令我感到無地自容。不過，他還是答應讓我請一杯波杯酒。

「你來鎮上出差嗎？」他問我，「我們時不時會接待商務人士，很樂意盡力替他們效勞喔。」

我說自己是來探望卓菲爾太太，任他自行猜測我要辦的差事。

「我以前常常見到那位老先生，」布倫福先生說：「他很喜歡到這裡來喝一杯苦啤酒。別搞錯了，我並不是說他愛酗酒，而是他常常坐在酒吧聊天。我的老天，他話匣子一開就是好幾個小時，而且毫不在意對象是誰。卓菲爾太太一點都不喜歡他來酒吧，不過他都自己偷溜出家門，不跟任何人說一聲就閒晃過來。你也知道，對年紀一大把的人來說，這段路其實並不近。當然，他們發現老先生不見的時候，卓菲爾太太馬上知道他去哪裡，以前常常打電話來問他在不在，然後就會開車來找我太太，跟她說：『布倫福太太，麻煩妳進去叫他出來，酒吧一堆男人晃來晃去，我才不想自己走進去。』所以我太太就會進來說：『卓菲爾先生，你太太開車來接你了，趕快喝完啤酒，讓她載你回家吧。』以前只要卓菲爾太太打電話來，老先生都叫我太太別說他在這裡，但我們當然不可能說謊啦，畢竟他是老人家，我們可擔不了這個責任。他是在這個教區出生的，第一任太太是布萊克斯泰勃的丫頭，死好多年了，可我不認識她。老先生是很風趣的人，完全沒有架子。大家都跟我說，老先生在倫敦是有頭有臉的人物。他死了以後，各家報紙都在刊登悼念他的文章。但是你跟他說話，絕對不會發現他是多麼厲害的人，只會以為是像你我一樣的普通人。當然，我們都盡量讓他舒舒服服，本來希望他可以坐在扶手椅上，他偏偏不要，堅持要坐吧台椅，說他喜歡腳踩在椅子橫桿上的感覺。我相信，他在這裡過得比任何地方都要快樂。他動不動就說自己有多喜歡酒吧，說在酒吧才看得到真實的人生，也說自己向來都熱愛人生。他真是很有個性的人哪，讓我想起自己過世的父親，只不過他活了一輩子都沒讀過一本書，每天都喝一瓶法國白蘭地，活到七十八歲頭一次生病就掛了，所以也成了他最後一次生病。卓菲爾老先生走得突然，我非常想念他。前幾天，我才對太太說想找時間讀讀他寫的書。大家都說，他有好幾本書都是以這附近為背景。」

24

隔天早上，天氣陰冷潮濕，不過沒有下雨。我沿著大街往牧師家走去。我認得街旁一間間店家的名字，都是延續數世紀的肯特郡姓氏，諸如甘恩、肯普、科布斯、伊古頓等等，但都沒看見認識的人。我覺得自己宛如鬼魂在街上遊蕩，以往我幾乎認識鎮上所有人，即使沒說過話也打過照面。忽然間，一輛破舊小汽車從我身邊經過，急急煞車，又倒車回來，車內有人好奇地打量著我。一位高壯老人下了車便朝我走來。

「你是威利．艾森登嗎？」他問。

我這才認出來，他是鎮上醫生的兒子，我們就讀過同一所學校，當過多年的同學，他後來繼承父業。

「哈囉，一切都好嗎？」他問，「我剛才到牧師家去看我孫子，現在那裡是間預備學校了，這學期初我就送他去那裡就讀。」

他衣著破舊、模樣邋遢，但仍看得出年輕時分外俊朗的痕跡。說也奇怪，我以前都沒注意到這件事。

「你當阿公了嗎？」我問。

「都有三個孫子了。」他笑著說。

我聽了大感震驚。自他呱呱落地、學會走路，到長大成人、結婚生子，如今兒女也各自成家。從他的外表看來，想必一直在貧困中不斷辛勞工作。他有著鄉下醫生獨特的作風，直來直往、待人熱忱又說話圓滑。他的人生已走到終點，我腦海卻有寫書與劇本的計畫，對於未來還有著各種盤算，覺得前方有好多活動與樂事待我參與。然而，在別人眼裡，我八成也是無異於他的老人。我頓時嚇得不知所措，竟沒勇氣問童年時期與我玩耍的兄弟近況，或關心那些陪伴過自己的老友，只說幾句蠢話就離開了。我朝著牧師家走去，屋子外觀看來寬敞、格局龐雜，對於較我叔叔更重視責任的現代牧師來說，位置太過偏遠、生活開銷太過昂貴。牧師家座落在大花園裡，周圍是綠油油的田野，一大塊正方形告示牌，上頭標示這是一所供鄉紳子弟就讀的預備學校，同時列出校長的姓名和學歷。我往木柵欄裡頭望去，花園骯髒凌亂，以前我釣到翻車魚的池塘已填平了，原本教會所屬的土地已劃分成一塊塊建築用地，另外有一排排小磚屋與坑坑窪窪的道路。我走在歡樂巷內，兩旁也蓋著面朝大海的平房，而舊時收費道路旁的老屋已改建成俐落的茶館。

我四處閒晃，眼前彷彿數不清的街道上，都有黃磚蓋成的小房子，但我不知道居民是誰，因為附近不見任何人影。朝港口前進，那裡空無一人，只有一艘不定期貨船在離碼頭不遠處停泊。兩、三名船員正坐在倉庫外頭，我經過時，他們都盯著我看。煤炭市場當時陷入谷底，運煤船再也不來布萊克斯泰勃了。

再來，就是前往佛恩大宅的時候了。我走回熊與鑰匙旅館，老闆先前說他有輛戴姆勒的汽車可租，我便打算坐這輛車去參加午宴。回到旅館時，車子已停在門口等候，是駕駛座無車頂的布魯姆車型，也是我見過最老、最破舊的車子，一路上不停發出吱吱嘎嘎、哐噹哐噹的碰撞聲，伴隨著猛烈的晃動，我不禁懷疑自己是否能抵達目的地。但最神奇的是，這輛車的味道宛如我叔叔以前每週日早上，前往教堂禮拜所租的老式四輪馬車；那是一股摻雜了馬廄與車底腐敗稻草的刺鼻惡臭。我實在很納悶，經過這麼多年，居然連汽車都散發這種味道。但香水或臭味往往最能喚起昔日的時光：眼前緩緩穿越的鄉間逐漸消失，我彷彿再度看見小時候的自己，坐在馬車前座，身旁擺著聖餐盤，對面坐著嬸嬸，她身上有著淡淡的乾淨衣物與古龍水氣味，穿著黑絲斗篷、頭戴插著羽毛的軟帽，叔叔則身著聖衣，厚實的腰間繫著寬大的稜紋絲帶，脖子上圍的金項鍊掛著金十字架，垂落在肚子上方晃著。

「威利，今天你可要乖乖的喔，好好在位子上坐直，不可以轉來轉去。上帝的殿堂不是懶散睡覺的地方。你必須牢牢記住，自己要做個好榜樣，不是每個小朋友都這麼幸運。」

我抵達佛恩大宅時，卓菲爾夫人與洛伊正在花園散步。我一下車，他們便向我走來。

「我正好在帶洛伊看我種的花兒，」卓菲爾太太邊說邊與我握手，然後嘆了一口氣說：「現在我只剩這些花兒了。」

她看起來與六年前差不多，並未更顯老態。她穿著喪服，文靜優雅，領子與袖口都是白皺紗的材質。我發現，洛伊穿著那套清爽的藍色西裝，繫著黑領帶，想來是要表達對顯赫故人的敬重。

「我帶你們看看花園周邊的草木植物，」卓菲爾太太說：「然後就進去吃午飯吧。」

我們在花園走了一圈，洛伊的學問淵博，知道所有花名，脫口就是拉丁學名，宛如自動捲菸機吐出香菸般自然。他告訴卓菲爾太太應該到哪裡買非擁有不可的品種，以及哪些品種的花格外美麗。

「我們從愛德華的書房進屋好嗎？我把書房維持得跟他生前一模一樣，什麼都沒改變。你絕對想不到有多少人慕名而來，當然，他們最想看看他工作的房間。」

我們從一扇敞開的落地窗走進屋子。書桌上放著一碗玫瑰，扶手椅旁邊小圓桌上擺著一本《旁觀者》。菸灰缸內有著男士人的菸斗，墨水瓶內還有墨水，整個場景保存得完美。不知為何，我卻覺得房間異常地死氣沉沉，飄浮著博物館的霉味。卓菲爾太太走到書櫃前，露出既詼諧又感傷的微笑，單手飛快地掠過五、六本藍色裝幀的書脊。

「愛德華其實非常欣賞你的作品喔，」卓菲爾太太說：「他經常重讀你的書。」

「他這麼想，我很高興。」我客氣地說。

我再清楚不過的是，上次來訪時明明書櫃上沒擺我的作品。我隨手抽了一本出來，手指在書頂摸了摸，看看有無落塵堆積，結果沒有。我再取下一本夏洛特．勃朗特的作品，一邊假裝跟她正經地閒聊，一邊進行同樣的實驗，結果也沒有落塵。這樣看來，想必卓菲爾太太把家中打理得無可挑剔，還有女傭盡心盡力地幫忙。

我們進了飯廳吃一頓豐盛的英式午餐，桌上有烤牛肉和約克郡布丁。接著，我們談到洛伊正在書寫的傳記。

「我想盡量減輕親愛洛伊的負擔，」卓菲爾太太說：「我一直都在多方蒐集資料。當然過程十分難熬，但是也很有意思。我發現了好多老照片，一定要給你們瞧瞧。」

午餐後，我們走進客廳，我再次察覺卓菲爾太太出色的布置能力。客廳的陳設與其說符合文學大師妻子的形象，不如說更符合其遺孀的風格。一塊塊印花棉布、一碗碗乾燥花、一只只德勒斯登頓的瓷偶，莫不散發著淡淡的遺憾，似乎在沉思著往昔的榮光。在這樣寒冷的日子，我真希望能在壁爐生火，可是英國人不僅保守，還吃苦耐勞。對他們而言，只要能堅守原則，即使代價是令他人不舒服，也在所不惜。我暗忖，十月一日以前，卓菲爾太太大概不會考慮在壁爐點火。她問我最近是否見過那位曾帶我與他們夫婦共進午宴的夫人，從那淡淡苦澀的語氣中，我推測自從德高望重的丈夫去世後，那些上流社會的大人物明顯對她不多理會。我們正舒舒服服地坐下，準備聊聊已逝之人，而洛伊則與卓菲爾太太高明地提問，想要刺激我揭露自己的回憶。我得努力集中精神，以免一時鬆懈把我決心保密的事洩露出去。此時，身形纖細的客廳女傭忽然端著托盤，上頭有兩張名片。

「夫人，外頭有兩位先生坐在車上，問能不能看看房子和花園？」

「真是煩人！」卓菲爾太太嚷嚷著，語氣卻意外地快活，「說也奇怪，我剛才正要提到那些想看房子的人。真是一刻都不得閒哪。」

「這樣啊，那為什麼不跟他們抱歉一下，說沒辦法接待呢？」洛伊說，語帶挖苦。

「噢，當然不行啦，愛德華一定不希望這樣。」她看了看名片，「我沒戴眼鏡。」

她把名片遞給我，其中一張印著「亨利．比爾德．麥克道格／維吉尼亞大學」，另用鉛筆寫著「英國文學助理教授」；另一張名片印著「尚—保羅．昂德希爾」，底下是紐約的地址。

「是美國人，」卓菲爾太太說：「出去跟他們說，如果他們能進來參觀，我會很高興。」

不久後，女傭便帶著陌生訪客進屋。兩人都是高個子青年，肩膀寬闊、臉龐粗獷黝黑，但鬍子刮得乾淨，有雙漂亮的眼眸，而且都戴著膠框眼鏡，一頭濃密黑髮從額頭梳到腦後。兩人都穿著明顯全新的英式西裝，神情略為不好意思，但言詞十分冗墜，而且彬彬有禮。他們表示正在英格蘭進行文學巡禮，打算前往亨利．詹姆斯位於萊伊鎮的故居，但因為十分欽慕愛德華．卓菲爾，所以冒昧短暫停留於此，想朝聖眾人推崇的地點。聽到萊伊鎮，卓菲爾太太有點不是滋味。

「我想這兩個地方有不少相似之處。」她說。

她把美國人介紹給我與洛伊認識。洛伊應對這種場面的方式令我佩服得五體投地，原來他曾在維吉尼亞大學當過講師，住在一位聲譽卓著的教授家中一段時間。至今他對那段經歷依然印象深刻，不曉得是因為那些親切的維吉尼亞居民的熱情款待，還是他們對文學藝術的深厚興趣令他欽佩不已。他問起某某學者、某某教授的近況，畢竟他在那結交了一輩子的朋友；他認識的朋友似乎個個正直、善良又聰明。沒多久，這位年輕教授便說起自己有多喜歡洛伊的作品，洛伊也謙虛說起這些書的寫作意旨，但心知肚明自己離目標還遠得很。卓菲爾太太看似鼓勵地微笑聆聽，我卻覺得她的笑容略顯勉強。洛伊也許亦察覺此事，因此忽然岔開話題。

「不過，你們一定不想聽我自顧自說個不停。」他爽朗地說：「我來這裡只是因為卓菲爾夫人把書寫愛德華．卓菲爾的生平這項巨大榮譽託付給我。」

這件事當然引起兩位訪客的極大興趣。

「老實說，這真是件苦差事，」洛伊佯裝美國腔說：「幸好，我有卓菲爾太太的幫忙。她以前不僅是賢內助，更是優秀的文書助理兼祕書，提供我一大堆素材參考，所以我的工作其實並不多，只要仰仗她努力的成果——還有滿腔熱血就好了。」

卓菲爾太太端莊地低頭盯著地毯，兩位美國年輕人黑溜溜的眼眸轉向她，目光流露出慰問、興味與敬意。他們又稍微聊了一下文學還有高爾夫球，因為兩人希望在萊伊能打一、兩場球，結果洛伊再度接話，叮嚀他們要注意這個那個沙坑，還說等他們下次到倫敦，希望有機會與他在桑寧戴爾一起打球。語畢，卓菲爾太太站起身子，主動提議要帶兩人參觀愛德華的書房與臥室，當然也少不了花園。洛伊也跟著站起來，顯然一心想陪同前往，但卓菲爾太太朝他淡淡一笑，態度和善但堅決。

「洛伊，不用麻煩了，」她說：「我帶他們去晃晃就好。你留在這裡陪艾森登先生聊聊吧。」

「喔，好吧，沒問題。」

兩位陌生人向我們告辭。我與洛伊再度舒服地坐在鋪印花布的扶手椅上。

「這間客廳真是舒適。」洛伊說。

「可不是！」

「愛咪費了一番工夫才布置成現在的樣子。你也知道，老先生是在他們結婚前兩、三年買下這棟房子。她一直想說服他把房子賣了，但是他偏偏就是不肯，他在某些方面固執得不得了。這棟房子本來是在一位沃夫太太的名下，這位太太的管家是老先生的父親。他說小時候就有個念頭：希望有一天能擁有這棟房子，現在房子到手了，說什麼都不賣人。一般人會以為，他一定最排斥住在人人都曉得他身世的地方。有一次，可憐的愛咪差點就雇了一個女傭，後來及時發現她是愛德華的孫侄女。愛咪剛搬來的時候，這棟房子從閣樓到地窖的裝潢都是模仿圖騰漢廳路的風格。你也知道那種樣式：土耳其地毯、桃花心木餐具櫃、客廳有整套絨布家具，還有當代鑲嵌木工製品。這才是他理想中仕紳階級應有的家中裝潢。愛咪卻說，這樣看起來醜死了。可是愛德華不准她換掉任何東西，她不得不小心翼翼地更動，還說自己差點就住不下去，下定決心要把房子打點好，而且只得一樣又一樣換掉，免得引起他的注意。她告訴我，最棘手的差事莫過於處理他的舊書桌。不知道你有沒有發現，現在他書房裡頭的那張書桌可是古董級家具，我自己也很想要一張。可是咧，他以前卻是用美國復古的加蓋書桌，因為留了很多年，在上頭寫了十幾本書，所以就是不想丟掉。他對這種東西並沒有感情，只是碰巧擁有太久而不捨得換。你一定要聽愛咪說她最後用什麼辦法處理掉桌子，真的是拍案叫絕。這位太太厲害到不行，通常都能稱心如意。」

「這我倒是發現了。」我說。

洛伊才表示有意陪客人四處參觀，卓菲爾太太使個眼色就阻止了他。他飛快地瞄了我一眼，笑了起來。洛伊畢竟不是傻蛋。

「你沒有我那麼了解美國啦，」他說：「美國人寧願要活蹦亂跳的老鼠，也不要一頭死掉的獅子。這也是我喜歡美國的一個原因。」

25

卓菲爾太太送走兩位來朝聖的美國人，回來時腋下夾著一個文件夾。

「這兩個年輕人真是優秀！」她說：「但願英國年輕人對文學的興趣也這麼深厚啊。我把愛德華的遺照送給他們，結果他們居然也要了我的照片，我還幫他們簽了名呢。」她又語帶親切地說：「洛伊，他們對你的印象很好唷，還說見到本人真的備感榮幸。」

「因為我在美國當過好一陣子講師啦。」洛伊謙虛地說。

「但是他們還讀過你的書，說很喜歡書中散發的生猛活力。」

文件夾裡塞著數張老照片，其中有一張若非卓菲爾太太指出來，我根本認不出藏在一群男學生中頭髮凌亂的小屁孩就是卓菲爾；一張是橄欖球隊成員合照，卓菲爾長大了一些；另一張則是跑船時期年輕的卓菲爾，身穿運動服與海軍短夾克。

「這是他第一次結婚拍的照片。」卓菲爾太太說。

照片中卓菲爾蓄著鬍子，穿著黑白格子褲，鈕釦孔插著大白玫瑰，後頭襯著鐵線蕨。他旁邊的桌子上擺著一頂禮帽。

「這張是新娘。」卓菲爾太太說，努力想憋笑。

可憐的蘿西，四十多年前被一名鄉下攝影師拍得怪里怪氣。她僵硬地站在一間氣派大廳的前面，手中拿著一大束花，禮服細膩地層層打褶，腰間束緊，還穿了件裙撐。她的瀏海垂到眼前，濃密的頭髮上方戴著橙花環，還披著一條長長的面紗。只有我知道她當時看起來有多美麗。

「她看起來未免太俗氣了。」洛伊說。

「是啊。」卓菲爾太太喃喃地說。

我們又看了愛德華的其他照片，有些是他成名後所拍，有些攝於他蓄八字鬍的時期，有些則是他臉部乾乾淨淨的時期所拍。照片中，他的臉龐愈發削瘦、皺紋漸增。早期固執平凡的神情，逐漸軟化成文雅的倦容。你不難看出他經歷人生、不斷思考與實現抱負後出現的變化。我再度看了看他當船員的照片，覺得似乎看出一絲漠然的神色，這在後來照片中十分明顯，而早在多年前，他本人就隱約給我這種感受。他的臉是面具，行為毫無意義。我總覺得真正的他無人知曉，直到死亡都很孤獨，宛如幽靈般無聲飄泊於作家身分與現實人生之間，而且說來諷刺，還抽離地笑看這世人視為愛德華．卓菲爾的兩個傀儡。我很清楚自己筆下描述的他，並沒有呈現出一個腳踏實地、面面俱到，且行事動機與生活方式均合乎邏輯的男人。我無意如此刻畫，所幸這能留給歐洛伊．基爾的健筆完成。

我看到了演員哈利．瑞佛幫蘿西拍的照片，還有萊昂內．希里爾以她為主題的肖像畫照片，不禁心頭一陣酸楚，這是我對她記憶最深刻的模樣。儘管她身穿老派禮服，卻仍然生氣勃勃，因內心的熱情而微微顫抖。她彷彿準備獻身，迎接愛的來襲。

洛伊說：「她讓人想起身材結實的丫頭。」

「前提是你要喜歡牛奶工才行，」卓菲爾太太回答，「我老是覺得她長得很像白皮膚的黑鬼。」

巴頓．特拉福夫人也喜歡這麼說她，而因為蘿西天生厚唇大鼻，這番批評雖然惡毒又不無道理。但她們並不知道蘿西金髮的銀閃、不曉得她銀白肌膚的光芒，更不明白她令人心動的笑容。

「她一點也不像白皮膚的黑鬼，」我說：「她跟日出一樣純潔，像青春女神希琵，也像一朵白玫瑰。」

卓菲爾太太面帶微笑，與洛伊彼此交換了意味深長的眼神。

「巴頓・特拉福夫人跟我說了很多她的事情。我不想讓人覺得自己很壞心，可是她恐怕不是什麼好女人。」

「這就是妳誤會了，」我反駁，「她是個非常好的人。我沒看過她發脾氣，不管有什麼需要，只要說一聲她就會幫忙。我沒聽她說過任何人的壞話，心地十分善良。」

「她懶惰死了，家裡弄得亂七八糟，根本不會有人想坐在積滿灰塵的椅子上，也沒有人敢往髒兮兮的角落瞧上兩眼。她本人也是如此邋遢，從來不能把裙子穿好，老是看得到襯裙從一邊露出來兩吋。」

「她才不會煩惱這種小事，這些都無損她的美貌，人美心也美。」

洛伊突然大笑出聲，卓菲爾太太用手摀著嘴，以遮掩她的笑容。

「噢拜託你，艾森登先生，那未免太誇張了。畢竟我們得面對現實，她就是水性楊花。」

「我覺得這個形容詞有夠傻。」我說。

「好吧，那姑且容我這麼說，就憑她那樣對待可憐的愛德華，就不可能是多好的女人。當然，愛德華最後因禍得福。假如她沒有這樣一走了之，愛德華說不定後半輩子都得扛著這個包袱，這樣下去絕對不可能享有現在的地位。不過就事實來看，她背著他暗地亂來是出了名啦。據我所知，她肯定濫交成性。」

「你根本不懂她，」我說：「她是非常單純的女人，做事都是出於無心機又天真的本性，喜歡把快樂帶給別人。她敢放膽去愛人。」

「你覺得這個算是愛嗎？」

「不然姑且叫愛的行為吧。她天生多情，每當她喜歡上別人，上床是再自然不過的事情，從來不會有任何猶豫。這並不是罪惡，也不是淫蕩，而是她的天性。她獻身給別人，就像太陽帶來溫暖、花朵散發芬芳一樣自然。這對她來說是一種享受，她也喜歡讓別人覺得享受。這點並不影響她的個性，她依然很真誠、淳樸又沒心眼。」

卓菲爾太太此時的表情，活像先前吃了一份蓖麻油，正設法吸吮檸檬來去除嘴巴的味道。

「我真的不懂，」她說：「不過我也必須坦承，我一直不明白愛德華看中她哪一點。」

「他知道她跟各式各樣的人亂來嗎？」洛伊問。

「肯定不知道。」她立刻回答。

「我倒不認為他有妳想得那麼龜，卓菲爾太太。」我說。

「那他何必要隱忍呢？」

「我想我可以說明一下，蘿西這個女人激起的不是愛而是迷戀。為了她爭風吃醋是很荒謬的。她就像林中空地中清澈深邃的池子，跳進去只會感到無比舒爽，即使先前已經有流浪漢、吉普賽人和獵場看守員跳進水中享受，池子的清涼與澄澈依然不減。」

洛伊又笑了出聲，這回連卓菲爾太太都不遮掩淡淡的笑容。

洛伊說：「聽你說得這麼詩情畫意，真是太好笑了。」

我忍住差點出口的嘆息。我發現自己最嚴肅時，往往受到他人的嘲笑。其實，每過一段時間，我重讀以前發自肺腑所寫的文章，也禁不住想訕笑自己。真摯情感想必本來就有其荒謬之處，只是我難以理解其中原因，唯一的可能就是：人類在這個無足輕重的星球上僅是過客，歷經所有的痛苦與奮鬥，對於永恆心智而言都只是一場玩笑。

我看出卓菲爾太太有事想問我，但表情顯得有點不好意思。

「如果女方願意回來，你覺得男方會接受嗎？」

「妳比我更了解卓菲爾啊。我想，應該不會吧。他只要耗盡某種情感，就不再關注當初激發情感的人了。在我看來，他有個奇怪的特質，就是身上同時有著強烈的感情與極端的冷漠。」

「真不懂你怎麼會說這種話，」洛伊嚷嚷道：「他是我這輩子見過最善良的人了。」

卓菲爾太太沉著地看著我，隨後垂下雙眼。

「不曉得她到美國以後過得怎麼樣。」洛伊說。

「她一定嫁給肯普啦，」卓菲爾太太說：「我聽說他們改名換姓，想也知道不可能在這裡露面了。」

「她什麼時候死的？」

「喔，十年前的事情了。」

「是聽誰說的呢？」我問。

「是肯普兒子哈洛德說的，他那時候在梅德斯通從事一些生意。但是我從來沒跟愛德華提起。對他來說，她早就死了好多年了，沒必要再讓他想起往事。凡事設身處地替人著想，絕對是好事一件。我覺得要是我的話，才不希望有人再去提年少歲月的不堪回憶。你也這麼覺得，對吧？」

26

卓菲爾太太非常客氣，提議要我坐她的車回到布萊克斯泰勃，但我寧願走路回去。我答應隔天去佛恩大宅用餐，也答應會記下以前與愛德華．卓菲爾經常見面的那兩個時期中，我記憶所及的事。我沿著蜿蜒的道路走著，沒遇見任何人，思忖著自己該說些什麼。話說我們不是常常聽到，省略的藝術體現書寫風格嗎？假如此話為真，我理應能寫出一篇文情並茂的文章，但說來可惜，洛伊只需要傳記素材。一想到我能選擇是否要拋出震撼彈，不禁咯咯笑了起來。他們想了解愛德華．卓菲爾與他第一段婚姻的往事，卻只有我一個人可以說出內情，但有件事我打算保密：他們以為蘿西死了，這可就搞錯了，蘿西其實活得好好的。

有次我寫的一齣劇在紐約搬演，於是飛到該地出席，沒想到經紀人的媒體代理人積極不已，早就大力宣傳到人盡皆知。某天我收到一封信，信封筆跡我雖然認得，卻想不起來是誰：字體既大又圓、筆鋒有力，但看得出沒受教育。筆跡實在太眼熟了，我卻沒有任何頭緒，不禁煩躁不已。此時理應立即拆信一探究竟，我卻只看了看信封、絞盡腦汁地思考。有些筆跡我看到就會焦慮得微微顫抖，有些信件我看到就心煩，擱了一整週都不想打開。等到我終於撕開信封讀時，心頭卻湧現奇怪的感覺。信的開頭十分突兀：

我剛看到你人在紐約的新聞，很想再見到你。我現在不住紐約了，但揚克斯離紐約不遠，開車不到半小時就會到。我想你有很多事要忙，所以就依你方便找個日子見面吧。雖然我們好多年沒見，但希望你沒有忘記我這個老朋友。

蘿西．伊古頓（原蘿西．卓菲爾）

我看了看地址，上頭是艾伯瑪爾，看起來不是旅館就是出租公寓，後面寫著街名與揚克斯。我不禁渾身顫抖，彷彿有人從我的墳上走過[65]。多年來，我不時會想起蘿西，但近來一直認為她肯定不在人世了。我看到署名，頓時一頭霧水。為何是伊古頓而不是肯普呢？接著才恍然大悟，他們想必當初離開英國時改了姓，這也是肯特郡常見的姓氏。我當下的反應是想藉故婉拒，對於好久不見的人，我往往羞於再度會面；

但此時內心又充滿好奇，想看看她現在過得如何，聽聽她這些年的遭遇。我本來就打算到多布斯費里度週末，剛好途中會經過揚克斯，便回信說隔週六大約四點造訪。

艾伯瑪爾是一棟頗新的公寓大樓，看起來住戶個個都家境富裕。一名制服筆挺的黑人門房得知我名字後便打電話通知，另一位門房帶我走進電梯。我心裡格外緊張。前來開門的是一名黑人女傭。

「請進，」她說：「夫人在等你。」

我被帶進一間兼作飯廳的客廳，一頭擺著雕刻繁複的橡木方桌、一個餐具櫃與四把椅子——大急流城[66]的家具廠商肯定會認為這是屬於詹姆士一世時期的風格；這個空間的另一頭卻擺著路易十五世時期的成套鍍金家具，悉數鋪著淺藍花緞軟墊。客廳內有許多鍍金小桌，每張都雕刻精美，桌面上擺了飾有鎏金的塞夫勒花瓶，以及數尊裸女銅像，鬆垂的衣角彷彿在狂風中飄動，巧妙遮住身體的私密部位，每尊銅像都淘氣地伸出手臂，手中拿著一盞電燈。還有一台留聲機，其豪華程度，我僅在商店櫥窗

65 英文諺語（someone is walking over my grave），指突然不自主地發抖，通常代表有不好的預感。

66 大急流城（Grand Rapids），美國密西根州第二大城市，聞名於其家居設計和生產業。

中見過：上頭無處不鍍金，外觀宛如一頂轎子，表面繪著華鐸風格的朝臣與夫人。

等了大約五分鐘，一道門開了，蘿西腳步輕盈地走進來，朝我伸出雙手。

「哎呀，稀客稀客，」她說：「真不敢想我們多少年沒見了。不好意思，稍等一下。」她走到門口喊了一聲：「潔西，可以把茶端進來了。記得水要燒開啊。」接著她走回來說：「你絕對想像不到，我花了多大的工夫才教會那丫頭泡茶。」

蘿西起碼七十歲了，穿著一件非常時髦的綠色雪紡無袖連身裙，上頭鑲著許多首飾；方形領口、裙襬很短，活像快撐破的手套。由她的身形判斷，我猜她裡面穿著橡膠緊身胸衣。她的指甲塗得鮮紅、眉毛也修剪過，身材已顯福態，還有雙下巴。雖然她在胸前抹了粉，但依然紅通通的，臉頰也泛紅。但她看起來十分健康、元氣滿滿，頭髮仍舊濃密，只是灰白蒼蒼，一片片短髮燙成波浪狀。年輕時，她有著自然的柔軟鬈髮，如今僵硬的波浪卻彷彿剛從理容院出來，這似乎是她身上最大的改變。她唯一不變的是微笑，一如既往地帶著孩子氣、甜美又不失調皮。她以前那一口牙齒就不大好，歪七扭八、形狀難看，現在卻是整整齊齊又雪白發亮，明顯是花了大錢換來的假牙。

黑人女傭端進來精緻的茶點，上頭有抹醬三明治、餅乾、糖果，附上小刀叉與小餐巾，全部都非常簡約精美。

蘿西拿了一塊熱騰騰的奶油司康說：「我怎麼都戒不掉的就是下午茶，真要說起來，這是我一天當中吃得最豐盛的一餐。雖然我也知道自己不應該吃，醫生老是跟我說：『伊古頓太太，如果妳每次下午茶都吃掉半打餅乾，就別指望減肥囉。』」她對我投以笑容，我忽然發覺，儘管蘿西有著波浪鬈、擦了厚厚的粉，又胖了不少，她還是跟以前一樣。「不過我要說的是，吃點自己愛吃的東西才好。」

我向來都覺得她平易近人。我們很快就聊開了，彷彿才幾週不見似的。

「收到我的信有沒有嚇一跳呀？我還註明『卓菲爾』，這樣你就知道是誰寫的了。我們剛到美國的時候，就換了伊古頓這個名字。喬治當初離開布萊克斯泰勃鬧得不太愉快，你大概也聽說過。他覺得來到新的國家，最好換個名字重新開始，你懂我的意思吧？」

我微微點了頭。

「可憐的喬治，他十年前就死了。」

「請節哀。」

「噢，說起來他那時也年紀一大把，七十好幾了，只是外表看不太出來。這件事給我的打擊很大。有這麼好的丈夫，任何女人都會心滿意足。從我們結婚那天起，一直到他過世為止，他沒有對我惡言相向過。我也很慶幸，他留下的遺產讓我日子過得很好。」

「那真是太好了。」

「是啊，他在這裡的事業有聲有色。他進入了一直很有興趣的建築業，還加入坦慕尼協會[67]。他老是說自己犯過最大的錯誤，就是晚來美國二十年。他從踏入美國土地的第一天開始，就喜歡上了這個國家。他做事衝勁十足，在美國最需要的就是衝勁。他就是那種能闖出一番名堂的人。」

「妳後來都沒有回英國嗎？」

「沒有，我也不想回去。以前喬治偶爾也會說要回去旅行，但是我們從來沒有認真計畫過。現在他不在了，我也沒這個意願了。這些年住過紐約以後，倫敦對我來說一方面死氣沉沉，一方面又別具意義。我們以前住在紐約，他死了以後才搬到揚克斯。」

「那妳為什麼選擇搬來這裡呢？」

「這個嘛，我一直都想搬來。以前就常常跟喬治說，我們退休以後要到揚克斯定居。這裡對我來說有點像英國，特別是梅德斯通、吉爾福德之類的地方。」

我揚起微笑，明白她的意思。揚克斯的大街蜿蜒曲折，儘管有路面電車、嘟嘟叫的汽車、電影院和電子看板，卻隱約像是帶有爵士風味的英國市集小鎮。

「當然，我偶爾也會好奇布萊克斯泰勃那些人過得怎麼樣。我猜現在大部分都死了吧？他們大概也認為我死了。」

「我已經三十年沒回去了。」

當時我還不曉得蘿西已死的謠言已傳到布萊克斯泰勃。我敢說，必定是有人捎回喬治．肯普逝世的消息，導致後來以訛傳訛。

「這裡應該沒有人知道妳是愛德華．卓菲爾的第一任妻子吧？」

「噢，當然沒人曉得啦。要不然，早就有一大堆記者像蜜蜂一樣擠在公寓周圍吵個沒完了。跟你說，有時候我到別人家打橋牌，聽到他們聊起泰德的書，我都差點要笑出來。美國人愛他愛得無以復加，我自己從來不覺得那些書有多厲害。」

「妳本來就不太讀小說不是嗎？」

67　坦慕尼協會，成立於十八世紀末，慈善事業起家，後來成為政治團體，已於一九六七年解散。

「我以前比較喜歡歷史，但現在好像沒有太多時間讀書。我最期待星期天了，這裡星期天的報紙很好看，英國就沒有這種報紙。當然啦，我也常常打橋牌，愛打到入迷呢。」

我記得小時候初次認識蘿西時，她玩起惠斯特簡直神乎其技，令我大感佩服。我覺得自己可以想像她打橋牌的風格，想必出手快速、大膽又神準，可說是優秀的搭檔、危險的對手。

「你絕對料想不到，泰德死後美國人有多麼大驚小怪。我知道他們很看重他，但是不曉得他居然是這種地位的大人物。各家報紙都在討論他，還有他的照片和佛恩大宅的照片。他以前老是說有一天想到那裡住。為什麼他跟醫院護士結婚了呀？我還以為他會娶巴頓·特拉福夫人。他們沒有小孩嗎？」

「沒有。」

「泰德其實很想要小孩。我生完第一胎後就再也生不了，對他的打擊很大。」

「我以為妳從來沒生過小孩。」我驚訝地說。

「喔，其實有，所以泰德才會娶我。但我在生的時候差點難產，醫生說我沒辦法再懷孕了。假如那可憐的孩子還活著，我應該就不會跟喬治私奔了。可惜我女兒六歲就死了，我還記得她可愛的模樣，長得漂漂亮亮的。」

「妳從來沒有提過女兒的事情。」

「是啊，我只要提起她就很傷心。她後來得了腦膜炎，我們把她送到醫院後，他們把她安置在個人病房，還讓我們陪在她身邊。我永遠也忘不了她那時候有多痛苦，難受得不停大叫，但是大家都束手無策。」

蘿西哽咽了起來。

「這就是卓菲爾在《生命之杯》描述的那場死亡嗎？」

「是啊，就是這樣。我一直覺得泰德很奇怪，跟我一樣心痛到無力多談，卻可以把一切給寫下來。他什麼細節都沒漏掉，就連我沒有注意到的小事情也都寫進去了，我也是看了才回想起來。你可能會認為他沒心沒肺，但是實際上他跟我一樣難過。我們以前晚上回到家，他都像孩子一樣哭得一把鼻涕一把眼淚。真是個奇怪的傢伙，對吧？」

《生命之杯》這本小說掀起排山倒海的抗議聲浪，而小說中孩子的死亡與隨後發生的事件，更讓卓菲爾遭受無比猛烈的批評。那個段落我至今記憶猶新，完全是椎心之痛。字裡行間並無多愁善感，讀者的反應亦不是潸然淚下，反而是怒火中燒，無法接受幼小的孩子得承受這般殘酷的苦難。你讀了只會覺得，上帝在審判日勢必會對此種離譜行徑做出裁示。這段文字的衝擊力十足。倘若這個情節取材自現實人生，那緊隨在後的段落也是如此嗎？正是這點在一八九〇年代震驚社會大眾，書評家譴責這不僅傷風敗俗，更教人難以置信。在《生命之杯》中，那對夫婦（我已忘記他們的名字）在孩子死後從醫院返家後用茶，兩人生活窮困，只能租屋在外勉強糊口。當時天色已晚，大約七點鐘。整星期下來無止境的焦慮感，早就把他們折騰得筋疲力竭，如今沉痛的悲傷更是摧毀他們的意志。彼此無話可說，只能哀戚地坐在那裡，不發一語。幾小時就這樣過去了，這時妻子突然站了起來，走進臥室後戴上帽子。

「我要出門。」她說。

「好。」

他們住在維多利亞車站附近。她沿著白金漢宮大道走著，穿越了公園，來到皮卡迪利大街，慢慢地向圓環前進。一名男人吸引她的目光，停下腳步並轉過身來。

「晚安啊。」他說。

「晚安。」

她也駐足微笑。

「想不想去喝一杯?」他問。

「都好。」

他們走進了皮卡迪利大街巷弄內一家小酒館，裡頭聚集著許多風塵女子與前來搭訕的男人。他們喝了一杯啤酒，她與眼前的陌生男人談天說笑，分享了自己的荒唐故事。不久，男人便問她能否跟她回家，她說這恐怕沒辦法，但倒是可以找間旅館。他們搭乘一輛出租馬車，前往布魯姆斯伯里，開房過夜。隔天早上，她搭巴士到特拉法加廣場，再穿越公園回家。一進家門，她丈夫正好坐下來吃早餐。早餐過後，夫婦倆才回醫院處理孩子的後事。

「蘿西，妳能老實跟我說嗎?」我問，「書中那個孩子死後的那些情節，是真有其事嗎?」

她狐疑地瞧著我一下，隨之綻放美麗如昔的微笑。

「都過這麼多年了，又有什麼差別呢?我可以直接告訴你，他其實寫得不完全對，畢竟那只是他的猜測。不過我倒很意外，他居然知道那麼多，畢竟我什麼也沒告訴他。」

蘿西拿起一根香菸，若有所思地在桌子上輕敲菸頭，但並沒有點燃。

「跟他在書裡說的一樣，我們從醫院一路走回家，因為我覺得自己沒辦法安穩地坐在馬車上，心裡跟死了沒兩樣。我早就哭到流不出眼淚了，只覺得累壞了。泰德努力想安慰我，可是我說：『拜託你閉嘴。』之後，他就不再說話了。那時我們在沃霍爾橋路租了一棟公寓三樓的兩個房間，只有一間客廳和一間臥室，所以才不得不把可憐的孩子送到醫院，我們沒辦法在租屋處照顧她，況且房東太太也不願意，泰德也說醫院會照顧得比較好。房東太太其實人不壞，她以前當過妓女，泰德常常跟她聊天。她聽到我們進了門，便上樓來關心。

「她說：『小朋友今天晚上還好嗎？』

「泰德說：『死了。』

「我什麼話都說不出來。房東太太端來茶點，但是我一點胃口也沒有，泰德硬是要我吃了些火腿。然後我就坐在窗邊，房東太太上來收拾杯盤的時候，我也沒有轉頭。我不想跟任何人說話。泰德在讀書，大概是假裝在讀，沒有翻頁，我看到淚水掉在書頁上。我一直往窗外看，當天是六月二十八日，那陣子白天很長。就在我們住的街角附近，我看著人潮進出酒館，電車來來去去。我還以為，白天永遠不會畫上句點。忽然之間，我發覺天黑了，路燈一一亮起，街道上人潮洶湧。我覺得累壞了，兩條腿像鉛一樣重。

「我對泰德說：『你幹麼不點煤氣燈？』

「他說：『妳要我點燈嗎？』

「我說：『坐在黑漆漆的屋子裡也沒用。』

「他點燃了煤氣燈，然後抽起菸斗。我知道這樣他會舒坦些，但是我就只是坐在那盯著外頭的街道。我不知道自己怎麼了，只覺得如果繼續坐在那個屋子裡，我一定會瘋掉。我想到有街燈和人潮的地方，也想遠離泰德，不對，應該說想擺脫心中跟泰德一樣的念頭和感受。我們只有兩個房間，所以我走進了臥室，女兒的小床還在裡頭，但是我連一眼都不想看。我戴上帽子和面紗，換了件洋裝，就回到了客廳。

「我說：『我要出門。』

「泰德看著我，我敢說他注意到我換上新洋裝了，也許我說話的態度讓他看出我不要他陪。

「他說：『好。』

「在書中，他寫我穿越公園，但是我其實沒有走到公園，而是前往維多利亞車站，搭了一輛雙輪馬車去查令十字車站，只花了一先令。然後，我沿著河濱大道走去。出門前，我就已經決定要做什麼了。你還記得哈利・瑞佛嗎？當時他在艾德菲劇院表演，他演的是二號喜劇角色。我走到後台門口，報上自己的名字。我一直都很喜歡哈利・瑞佛，他這個人有點狂妄不羈，遇到錢的問題很不可靠，但是他能逗得你笑個不停。雖然他有一大堆缺點，還算是難得的好人啦。你知道他在布爾戰爭[68]中死了嗎？」

「我不知道，只聽說他消失了，名字再也沒有在節目單上出現過。我還以為他大概跑去做生意了。」

「沒有，戰爭一爆發他就去了，後來死在雷地史密斯。我在後台等了一下，他下樓來接我，我說：『哈利，我們今天晚上去狂歡吧，到羅馬諾吃頓晚餐怎麼樣？』他說：『沒問題，妳在這裡等我，我把戲演完、卸完妝就下來。』一見到他，我心情就好多了。那天他扮演的是賽馬情報小販，身穿格子西裝、戴著圓頂氈帽，還有紅通通的鼻子，我光是看了就頻頻發笑。等到演出結束，他下樓來會合，我們便一起往羅馬諾走去。

「他問：『妳餓嗎？』

「我說：『餓死了。』這話可不假。

「他說：『那我們就大吃好料，盡情揮霍一下錢。我跟比爾．泰瑞斯說要跟我最欣賞的女人去吃晚餐，順便借了幾英鎊。』

「我說：『那就開香檳吧。』

「他說：『香檳萬歲！』

「不曉得你有沒有去過羅馬諾餐館？滿氣派的，以前常常有戲劇圈人士、賽馬人士和傑爾特劇女演員在那裡交際應酬，可說是大家眼中的老地方。還有哈利認識的那個羅馬人，他還跑來我們這一桌，常常用破英語講話，非常好笑，我覺得他裝得怪腔怪調，是因為知道這會逗人發笑。要是他身邊的朋友手頭很緊，都會大方借給對方五英鎊。

「哈利問：『孩子還好嗎？』

「我說：『好多了。』

「我不想跟他說實話。你也知道男人很奇怪，有些事情就是不會懂。我心裡明

---

68 布爾戰爭（Boer War），十九世紀末英國人和布爾人為爭奪南非殖民地而爆發的戰爭，前後共發生兩次。

白，假如他知道可憐的孩子躺在醫院裡死了，一定會覺得我出來吃晚餐很不應該，然後還會說自己多難過之類的話，但這不是我想要的反應啊，我只想好好笑一笑。」

蘿西點燃了一直把玩在手中的香菸。

「你應該聽過女人懷孕的時候，有些丈夫會覺得難以忍受，便出去勾搭別的女人。這件事情一旦被拆穿，而且說也奇怪通常會被拆穿，她就會沒完沒了地大吵大鬧，指責丈夫居然在她蒙受地獄般折磨的期間亂來，實在是太過分了。我都會跟這種女人說別傻了，這並不代表丈夫不愛她了，也不代表丈夫不煩心，單純只是焦慮作祟罷了，一點都沒有別的意思。正是因為他很苦惱，才會冒出這種心思。我懂，因為當時我就是這種感覺。

「我們吃完晚飯後，哈利說：『那妳意下如何？』

「我問他：『什麼意下如何？』

「因為那個年代不時興跳舞，我們也沒有地方可去。

「哈利說：『要不要到我家來看看相簿呀？』

「我說：『都可以。』

「他在查令十字路有間小公寓，只有兩個房間、一個浴室和一個小廚房。我們坐馬車過去，我在他家待了一個晚上。

「隔天早上我回家的時候，早餐已經擺在桌上了，而泰德剛剛開始吃。我已經下定決心，如果他有什麼意見，我就要大發脾氣，才不管後果。畢竟我以前能養活自己，早就準備好再出去賺錢，當下隨時可以收拾行李拋下他。但我進門的時候，他只是抬頭看了看。

「他說：『妳回來得正是時候，我差點要把妳的香腸也吃了。』

「我坐下來幫他倒了杯茶。他繼續看報紙。我們吃完早餐，就直接前往醫院。他對我前晚的行蹤完全沒有過問，我不知道他在想什麼。那陣子他對我非常體貼，但是我很痛苦。我莫名就是無法釋懷，他還是盡心盡力想讓我好過一些。」

「妳讀那本書的時候有什麼想法？」我問。

「這個嘛，看他這麼清楚那天晚上發生的事情，我確實大吃一驚。我真心不懂的是，他竟然會全部寫出來。任誰都會以為，這應該是他最不願意放進書裡的東西。你們這些作家全是一群怪人。」

此時電話聲響起，蘿西拿起話筒聽著。

「噢，是瓦努齊先生，你太客氣了，還特地打電話來！我身體狀況很好呀，謝謝你的關心。好啦，這麼說也可以，漂亮又健康。你到了我這把年紀，也會欣然接受所有讚美啦。」

她開始與對方聊了起來，她的語氣聽來有些輕佻，甚至頗有調情的意味。我並沒有多加注意，由於電話似乎愈講愈久，我便開始思考作家的一生。身為作家，注定命運多舛。首先，他得忍受貧窮的生活與世人的冷漠。在獲得些許成功後，他得面不改色地處理接踵而來的磨難。他仰賴著善變的社會大眾，任憑許多人擺布，包括想採訪他的記者、想拍照的攝影師、不斷催稿的編輯、催繳所得稅的稅務官、想請他共進午餐的上流人士、想邀他辦講座的機構祕書、想嫁給他的女性、想與他離婚的太太、想要他親筆簽名的年輕人、想在劇中軋角的演員、想跟他借錢的陌生人、想獲得婚姻建議卻過度熱情的婦人、想要徵詢寫作意見的誠懇年輕人，更受制於經紀人、出版社、討厭鬼、仰慕者、書評家和自我良心。但他唯一的補償，即只要有事縈繞在心頭——無論是揮之不去的想法、友人亡故的悲傷、毫無回報的單相思、受傷的自尊心、對於忘恩負義之人的憤怒等等——任何情感與困擾都能化作白紙黑字，成為故事的主軸或文章的點綴，並藉此將其拋諸腦後。作家是唯一自由的人。

蘿西放下話筒，轉頭看我。

「剛才是一個男性友人打來的。今天晚上我要去打橋牌，他說要開車過來接我。他是個義大利佬，但是真的很體貼。他曾經在紐約市中心經營一家很大的雜貨店，不過現在已經退休了。」

「妳都沒有考慮再婚喔，蘿西？」

「沒有耶。」她面露微笑，「倒不是說沒有人跟我求婚，只是我很滿意現在的生活。對於結婚這件事情，我的原則是不想嫁給老頭子，可是這把年紀嫁給年輕人又未免太傻了。我已經好好活過了，隨時準備畫上句點。」

「妳當初為什麼會跟喬治．肯普私奔呢？」

「這個嘛，我一直都很喜歡他呀。我早在認識泰德前，就認識喬治了。當然啦，我以前沒有想過有機會嫁給他。首先，他當時已經結婚了，而且他還得考量自己的社會地位。然後有一天，他突然來找我說一切都出包了，他破產了，再過幾天就會遭到通緝。他打算前往美國，問我願不願意陪他一起過去，這下子我能怎麼辦呢？總不能讓他孤孤單單跑到那麼遠的地方，身上還沒有半毛錢，畢竟他向來都愛揮霍，自己買了房子，又買了馬車。反正就算要工作，我也不怕啊。」

「有時候我會覺得，他是妳唯一喜歡過的男人。」我說。

「這句話倒有幾分道理。」

「我好奇的是，妳看中他哪一點？」

蘿西的目光移到掛在牆上的一張照片，不知為何，我先前並未注意到。那是一張喬治爵爺的放大照片，裱著鍍金雕花框，看似他剛到美國不久所拍，也許當時兩人剛結婚。照片中，他露出四分之三的身長，身穿長禮服，鈕釦逐一扣緊，瀟灑地歪戴著絲質高帽，鈕釦孔插了朵大玫瑰，左邊腋下夾著銀頭手杖，右手拿著一根煙霧蜷繞的大雪茄。他蓄著濃密的八字鬍，鬍末兩端均塗上蠟，眼神桀驁不恭，姿態傲慢狂妄，領帶夾著鑲鑽別針。他看起來活像酒吧老闆，準備盛裝出席德比的賽馬活動。

「要我說的話，」蘿西說：「他始終都是無可挑剔的紳士。」

毛姆年表

一八七四年	生於法國巴黎，父親Robert Ormond Maugham（1823-1884）是英國大使館派駐巴黎的律師，母親Edith Mary née Snell（1840-1882）自幼便罹患肺結核。
一八八二年	母親死於肺結核。
一八八四年	父親死於癌症，毛姆被送回英國由叔叔Henry MacDonald Maugham（1828-1897）照顧，入坎特伯里國王學校（The King's School, Canterbury）就讀。
一八九〇年	赴德國海德堡大學（Heidelberg University）研讀文學、哲學及德文，於此邂逅大他十歲的John Ellingham Brooks（1863-1929），兩人發展同性戀情。
一八九二年	於英國倫敦的聖湯瑪斯醫院（St. Thomas' Hospital）研讀醫學。
一八九七年	獲得外科醫生資格，但從未執業。發表第一本小說作品《蘭貝斯的莉莎》（*Liza of Lambeth*）大獲成功，從此棄醫從文。

一九〇三年	發表首部劇作《體面的男人》（*A Man of Honour*）。
一九〇七年	劇作《弗雷德里克夫人》（*Lady Frederick*）大獲成功，此後毛姆創作了包括《傑克．斯特洛》（*Jack Straw*）、《忠實的妻子》（*The Constant Wife*）等近三十齣劇作，事業如日中天。
一九一四年	結識美國青年Gerald Haxton（1892-1944），兩人成為伴侶，相伴三十年，Gerald Haxton並擔任毛姆的祕書，協助處理工作事務。
一九一五年	出版四大代表作之一的小說《人性枷鎖》。
一九一七年	與Gwendolyn Maude Syrie Barnardo（1879-1955）結為夫妻，兩人婚前即生有一女Elizabeth Mary Maugham（1915-1981）。
一九一九年	出版四大代表作之一的小說《月亮與六便士》。
一九二九年	與Gwendolyn Maude Syrie Barnardo離婚。
一九三〇年	出版四大代表作之一的小說《尋歡作樂》。
一九三四年	《人性枷鎖》首度改編電影。
一九四二年	《月亮與六便士》改編電影，並獲奧斯卡獎提名。

一九四四年　出版四大代表作之一的小說《剃刀邊緣》。同年，Gerald Haxton死於肺結核，Alan Searle（1905-1985）取而代之成為毛姆的祕書兼情人。

一九四六年　《人性枷鎖》兩度改編電影。《剃刀邊緣》首度改編電影。

一九四七年　成立毛姆文學獎（Somerset Maugham Award），鼓勵英國三十五歲以下的小說創作者。

一九五四年　獲女王名譽勳位（Queen's Companion of Honour）。

一九六一年　獲母校德國海德堡大學授予名譽理事（Honorary Senator of Heidelberg University）。

一九六四年　《人性枷鎖》三度改編電影。

一九六五年　十二月十六日於法國逝世。

GREAT! 56 **尋歡作樂**

作者	威廉．薩默塞特．毛姆（William Somerset Maugham）
譯者	林步昇
封面設計	莊謹銘
校對	聞若婷
主編	徐凡
責任編輯	李培瑜
國際版權	吳玲緯
行銷	何維民、吳宇軒、陳欣岑、林欣平
業務	李再星、陳紫晴、陳美燕、葉晉源
總編輯	巫維珍
編輯總監	劉麗真
總經理	陳逸瑛
發行人	凃玉雲
出版	麥田出版 地址：10483台北市中山區民生東路二段141號5樓 電話：(02)2500-7696 傳真：(02)2500-1967
發行	英屬蓋曼群島商家庭傳媒股份有限公司城邦分公司 地址：10483台北市中山區民生東路二段141號11樓 網址：www.cite.com.tw 客服專線：(02)2500-7718｜2500-7719 24小時傳真專線：(02)-2500-1990｜2500-1991 服務時間：週一至週五09:30-12:00｜13:30-17:00 劃撥帳號：19863813 戶名：書虫股份有限公司 讀者服務信箱：service@readingclub.com.tw
香港發行所	城邦（香港）出版集團有限公司 地址：香港灣仔駱克道193號東超商業中心1樓 電話：+852-2508-6231 傳真：+852-2578-9337
馬新發行所	城邦（馬新）出版集團【Cite(M) Sdn. Bhd.】 地址：41-3, Jalan Radin Anum, Bandar Baru Sri Petaling, 57000 Kuala Lumpur, Malaysia. 電話：+603-9056-3833 傳真：+603-9057-6622 讀者服務信箱：services@cite.my
麥田部落格	http://ryefield.pixnet.net
印刷	前進彩藝有限公司
初刷	2022年3月
售價	380元
ISBN	978-626-310-157-9

國家圖書館出版品預行編目(CIP)資料

尋歡作樂／威廉．薩默塞特．毛姆（William Somerset Maugham）著；林步昇譯. -- 初版. -- 臺北市：麥田, 城邦文化出版：家庭傳媒城邦分公司發行, 2022.03
面；　公分（Great!；RC7056）
譯自：Cakes and Ale
ISBN 978-626-310-157-9（平裝）
873.57　　110019586

城邦讀書花園
www.cite.com.tw

Printed in Taiwan.
本書若有缺頁、破損、裝訂錯誤，請寄回更換。